L'ÉCUREUIL NOIR

Du même auteur

Œuvres

Temps pascal, roman, Montréal, Tisseyre, 1982.

Nouvelles de la capitale, recueil, Montréal, Québec/ Amérique, 1987.

L'Obomsawin, roman, Sudbury, Prise de parole, 1987.

Visions de Jude, roman, Montréal, Québec/Amérique, 1990.

Traductions

Pic de Jack Kerouac, Montréal-Paris, Québec/ Amérique — La Table ronde, 1987.

Avant la route de Jack Kerouac, Montréal-Paris, Québec/ Amérique — La Table ronde, 1990.

Le Vieil homme, la Femme et l'Enfant de W.O. Mitchell, Montréal, Québec/Amérique, 1991.

Monsieur Vogel de Matt Cohen, Montréal, XYZ, 1992.

Oh Canada ! Oh Québec! Requiem pour un pays divisé de Mordecai Richler, Candiac, Les Éditions Balzac, 1992.

Les Mémoires barbelées de Matt Cohen, Montréal, Quinze, 1993.

Le Récit de voyage en Nouvelle-France de l'abbé peintre Hugues Pommier de Douglas Glover, Québec, L'Instant même [à paraître en 1994].

Daniel Poliquin était écrivain en résidence à l'Université d'Ottawa au moment où il a achevé *L'Écureuil noir*.

Daniel Poliquin

L'ÉCUREUIL NOIR

roman

Boréal

Les Éditions du Boréal sont inscrites au Programme
de subvention globale du Conseil des Arts du Canada.

Conception graphique : Gianni Caccia
Illustration de la couverture : Daniel Sylvestre

© Les Éditions du Boréal
Dépôt légal : 1er trimestre 1994

Diffusion au Canada : Dimedia
Distribution en Europe : Les Éditions du Seuil

Données de catalogage avant publication (Canada)
Poliquin, Daniel
    L'Écureuil noir
        ISBN 2-89052-602-X   9782890526020
    I. Titre.
PS8581.0285E28   1994   C843'.54   C94-940213-3
PS9581.0285E28   1994
PQ3919.2.P64E28   1994

PRÉFACE POSTHUME
DE L'AUTEUR

Si vous êtes déjà venu à Ottawa, vous me connaissez. Vous m'avez sans doute vu à la Tribune aux harangues du mail Sparks implorant curieux, indifférents et amusés de faire pénitence pour la condition amérindienne. Je faisais aussi l'imprécateur au marché By le dimanche après-midi ; devant la cathédrale de la Basse-Ville à Pâques ; le long du canal Rideau en hiver, où je harcelais des patineurs qui ne restaient jamais en place. Vous m'avez peut-être aperçu un certain 11 novembre. Je défilais avec les anciens combattants de la guerre du Viêt-nam qui revendiquent chaque année la retraite réglementaire. Je portais une pancarte qui disait : « Pierrot Marquis, je me souviens de toi ! » Vous ne vous rappelez pas ? C'est pourtant récent. (Chose certaine, mes parents, eux, m'ont vu à la télévision, et cela m'a valu une rare lettre de mon père. « Calvin, pourquoi fais-tu ça ? Tu te couvres de ridicule avec cette histoire de

7

Pierrot Marquis. C'est du passé. Tu devrais voir un psychiatre. Pense à ta famille. »)

Souvenez-vous, j'arpentais les pelouses de la colline du Parlement les jours de manifestation. Avec des grévistes, des femmes maltraitées, des réfugiés en colère. Il m'est même arrivé une fois de m'égarer parmi d'âpres défenseurs du fœtus. Pendant longtemps, j'y allais presque tous les jours, fidèle comme un fonctionnaire. Vous n'avez pas pu me manquer.

C'était moi le monsieur qui soliloquait devant la Flamme éternelle de la Confédération. En fait, je récitais la litanie des misères faites à notre prochain. Les gens s'écartaient de mon chemin la plupart du temps, mais il y en avait qui s'arrêtaient pour m'écouter et même me photographier. Des touristes surtout. Vous étiez peut-être de ceux-là.

Ou alors, si vous habitez Ottawa, vous savez que j'étais l'homme qui restait planté jour et nuit devant une auguste maison de la rue Cobourg. Ne me dites pas que vous avez oublié. Les enfants qui passaient en autobus scolaire me montraient du doigt. Des camionneurs se moquaient de moi : ils ralentissaient pour me demander, avec les grossièretés d'usage, si je travaillais dur ou si j'avais vu passer un de leurs collègues. Je ne répondais jamais. De toute façon, qui aurait compris ce que je faisais là ?

C'était moi, également, le gentilhomme cravaté qui servait les indigents à la soupe populaire des Bergers de l'espoir. Sûrement vous souvenez-vous aussi de l'homme du marché By qui s'est défait de son écharpe un soir d'hiver pour la donner à un vagabond. Oui, c'était moi. (Ces manières rendaient Zorah complètement folle. Elle me faisait des colères noires.) Si vous n'êtes jamais venu à Ottawa ou si vous n'y habitez pas, ça ne fait rien. Vous savez qui je suis, il faut que vous m'ayez vu quelque part, un jour. J'incarnais la Conscience coupable, la mienne comme la vôtre, et je demandais pardon pour tout le monde. Même pour vous. Oui, nous nous connaissons. Nous nous ressemblions tellement, quand on y pense... Mais si vous avez oublié, rassurez-vous, ce n'est pas grave. Parce que tout ça, c'était autrefois, il y a si longtemps. Moi aussi, je commence à oublier, tranquillement.

9

La certitude instinctive du péché est inséparable de mes premiers souvenirs. Lorsque les neiges paralysaient la Huronie, c'était parce que j'avais désobéi à ma mère, j'avais souhaité du mal à mon frère, j'avais craché par terre ou lancé des obscénités en riant ; quel que fût le péché, il neigeait par ma faute.

À l'école, lorsque la maîtresse disait qu'il fallait se laver les mains avant d'entrer en classe, je regardais mes paumes en cachette parce que j'étais sûr que c'était moi qu'elle visait. Infailliblement, je les trouvais salies par le jeu ou les coups que j'avais échangés avec mes camarades.

Au collège de la Toussaint, je me sentais le premier coupable si on avait volé. À l'université, j'étais responsable lorsque les professeurs nous reprochaient notre ignorance. C'était moi qui avais volé, c'était à cause de moi si nous ne savions rien.

J'ai pris du temps à comprendre qu'il était inutile d'aller me dénoncer aux autorités. Le plus souvent, à la petite école, la maîtresse me répondait en souriant que je n'étais pour rien dans le tort qui avait été fait : un mur vandalisé ou l'œil au beurre noir d'un élève à qui je n'avais jamais adressé la parole. D'autres fois, on me soupçonnait de couvrir le véritable malfaiteur ou d'avoir cédé à un quelconque chantage. Je finissais par être absous, habituellement avec un coup de pied au derrière et un avertissement qui renforçaient chez moi la conviction d'un vague délit.

Devenu adulte, j'ai surtout fait rire de moi. Au chantier d'exploration pétrolière de la mer de Beaufort, à mon premier repas là-bas, mes commensaux se sont mis à dire que la soupe goûtait la pisse, je m'en souviens. Il m'a fallu tout mon sang-froid pour ne pas me lever et déclarer : « Les gars, je sais que la soupe goûte drôle, mais c'est parce que je viens d'arriver et que je n'ai pas l'habitude des grands réfectoires. J'ai eu une enfance privilégiée, vous savez... Je vous promets que, dès demain, la soupe aura repris son goût habituel... » Incapable de remuer ma cuiller dans mon bol, j'ai attendu un long moment, et j'ai fini par me rendre compte, en écoutant la conversation générale, que c'était une blague qu'on répétait tous les soirs au cuisinier, une sorte de rituel, sans plus. D'ailleurs, ils en mangeaient tous de cette soupe, avec appétit en plus. J'avais bien fait de me taire, on aurait ri de moi, comme à tant d'autres occasions où je ne m'étais pas contenu à temps, avouant à des visages étonnés des infractions dont on me croyait incapable.

J'étais la victime parfaite. Si la caissière au magasin omettait de me remettre toute la monnaie qui me revenait, pas un mot de protestation. Après tout, j'avais donné un trop gros billet à la pauvre demoiselle.

J'ai commencé à fumer parce qu'on m'a offert une cigarette un jour. Je ne pouvais pas dire non,

11

j'aurais offensé celui qui me l'offrait. Longtemps, aussi, j'ai bu de la bière même si je n'en ai jamais aimé le goût.

Il m'est arrivé de coucher avec des femmes grosses, laides ou niaiseuses, parce que je craignais de les blesser en leur disant non. Je conservais mes regrets pour après.

C'était comme faire la vie d'un matou de salon, du genre obèse et dégriffé, que sa maîtresse aurait abandonné aux chats de gouttière de la Basse-Ville. On s'imagine dénoncé, radiographié, complètement nu devant la vérité. On faiblit pour un rien. La volonté réparatrice reste alors le seul tonique.

Ainsi, la première fois qu'on m'a demandé la charité au marché By, je n'ai pu dire non, évidemment. « Pardon, monsieur, mais il y a deux jours que je suis sur la route et j'ai faim. » Après que le clochard m'a vu fouiller dans mes poches en bafouillant des excuses, il a dit : « Vingt-cinq cents ? C'est tout ?

— Mais c'est bien ce que vous m'avez demandé...

— Oui, mais tu pourrais me donner plus. Je demande vingt-cinq cents, mais toi, je savais que tu me donnerais plus que les autres...

— Pourquoi ?

— Parce que c'est écrit dans ta face.... »

Je lui ai alors remis un billet de deux dollars en rougissant. Il m'a fait un sourire de chat de gouttière.

À compter de ce jour, je n'ai plus jamais eu la paix. Les mendiants se sont passé le mot. Dès que je mettais les pieds au marché, près du magasin des alcools rue George, ou sur le trottoir des racoleuses rue Murray, j'étais repéré. À la fin de mes courses, j'avais fait l'aumône à dix vagabonds qui étaient tous sur la route depuis deux jours et qui avaient faim.

J'ai essayé toutes les manœuvres pour leur échapper, ils me coinçaient immanquablement. Un jour, l'un d'entre eux a voulu me bousculer. Deux ou trois de ses confrères se sont précipités sur lui pour l'assommer : « Lâche-le tranquille, qu'ils hurlaient, c'est notre meilleur client ! Si tu le touches, on va t'arracher la tête ! » Il a fallu que j'intervienne pour qu'ils le laissent partir. Leur chef, un colosse algonquin au nez violet, leur a fait signe d'arrêter. « O.K. les gars, ça suffit... » Le mendiant brutal a disparu du marché, je n'ai jamais su où il était allé.

Un autre s'est permis de me faire des reproches parce que j'étais en retard. Il me hurlait des injures : « Où que t'étais, toué ! Ça fait une heure que je t'attends icitte, à pluie battante, pis que je gèle comme un rat pendant que toué, tu te pognes le cul ! Envoye, donne-moué ma piastre ! » C'était un grand blond aux oreilles rongées par les engelures, toujours vêtu d'un chandail de hockey troué, qui faisait l'agneau avec les passants. À ceux qui ne lui donnaient rien, il disait : « Bonne journée quand même ! Dieu vous bénisse ! » Avec moi, il était odieux. Lui aussi a disparu du marché By. Ses compagnons soignaient la poule aux œufs d'or.

J'ai fini par m'habituer. Pendant des années,

j'allais faire le marché les poches pleines de pièces de vingt-cinq sous que je donnais machinalement.

Je me suis aussi fait des amis parmi les clochardes schizophrènes et les alcooliques nomades ; certains étaient tout heureux de me revoir lorsque je rentrais de vacances, ils prenaient des nouvelles de ma santé. Il y en avait même qui me faisaient crédit. Tous avaient la courtoisie de ne pas me demander l'aumône lorsqu'ils me voyaient accompagné de Zorah. Ils se contentaient de me saluer jovialement ou de me faire des clins d'œil. Pour ça, ils étaient gentils.

Quand j'y pense maintenant, je crois que l'idée de changer de vie remonte à il y a longtemps. C'est peut-être lorsque Zorah m'a quitté. Ou lorsque j'ai décidé de retrouver Pierrot Marquis et de m'expliquer avec lui une fois pour toutes.

Chose certaine, c'est en veillant mon père à l'hôpital Saint-Vincent que le désir de muer m'est apparu comme une évidence. Il me fallait alors passer de longues nuits à le regarder dormir. Un matin, je suis sorti de là fébrile de fatigue. Rentrant chez moi à pied, j'avais le crâne agité par toutes sortes d'idées et de souvenirs.

C'était une aube de mars comme je les aime : il avait gelé pendant la nuit, presque toute la neige avait fondu, les trottoirs étaient glissants mais secs. On sentait qu'il ferait soleil. Rue Gloucester, comme tous les matins, j'ai vu un gros chat pelé, tapi entre deux poubelles, qui guettait un écureuil perché dans l'arbre à côté. L'un et l'autre étaient devenus de vieilles connaissances dont j'aimais à observer le manège. Parfois, le chat sautait dans l'arbre si l'écureuil avait le malheur de faire un faux mouvement. La petite bête échappait toujours à la grosse. Je trouvais la scène rassurante, drôle aussi.

C'était un écureuil noir. J'ai alors songé à la maison de la rue Cobourg où j'habitais avec Zorah et à la grande cour qu'il y avait derrière : j'y nourrissais le dimanche une bande d'écureuils noirs ; il y en avait aussi des gris, mais rarement. Cette habitude agaçait Zorah, parce que ces bestioles à l'allure sympathique sont des rongeurs nuisibles, parfois porteurs de la rage, mais comme Zorah était écologiste à l'os, elle me laissait faire.

Ce matin de mars, je me suis rappelé une légende locale. Ces écureuils noirs seraient en réalité d'anciens rats qui se seraient mêlés à des écureuils gris pour éviter les mesures de dératisation. La mutation a réussi. Depuis, citoyens et touristes les gavent d'arachides au lieu de leur jeter des cailloux. Mais ce sont bel et bien d'anciens rats qui n'auraient conservé de leur passé que la couleur du pelage et des traces d'accent étranger, dit la légende.

Ce matin-là, j'ai eu envie de disparaître comme eux dans le décor, de me rendre méconnaissable et sympathique. Changer de peau, me réinventer, mais en mieux. Un peu comme ces intellectuels québécois du siècle dernier qui fuyaient leur pays ultramontain et intolérant en se faisant traducteurs au Parlement, habitants désormais anonymes d'une bourgade où personne ne leur demandait s'ils allaient à la messe le dimanche, libres de lire les auteurs à l'Index. Le bonheur est dans l'oubli.

Sur le coup, l'idée m'a tellement excité que je ne pouvais plus marcher. Il m'a fallu faire un effort pour avancer dans le froid. Heureusement, le vent s'est levé, m'obligeant à accélérer le pas. Dans le matin encore noir, entre deux rangées de maisons victoriennes qui cachaient le soleil revenant, je faisais des glissades sur les bouts de trottoirs gelés en hurlant ma joie intérieurement ; je ne voulais quand même pas réveiller tout le quartier, mon bonheur n'était qu'à moi. Je me rappelle que j'avais les larmes aux yeux, mais c'était à cause du froid aussi.

Parvenu à la Côte-de-Sable, affamé, je me suis arrêté, rue Osgoode, devant un restaurant miteux que j'aime bien. Sans me gêner, j'ai ouvert la porte bruyamment, j'ai lancé ma tuque sur une table et je suis allé serrer la main du propriétaire, un gros Syrien qui a toujours le chapelet à la main, et dont on ne sait jamais s'il gueule contre son cuisinier haïtien ou s'il prie. Marcelle, la serveuse aux hanches larges, échangeait comme d'habitude des plaisanteries cochonnes avec des étudiants en droit qui avaient révisé leur matière toute la nuit. Je l'ai embrassée sur les deux joues en lui disant que je la trouvais belle, j'ai commandé le menu du jour avec du thé, je me suis assis à la fenêtre en chantonnant. Tout le monde dans le restaurant me regardait comme si j'arrivais de la planète Mars. Pour une fois, sûr de moi, je rendais tous les regards, même les sourires. Dans ma tête, j'entendais des violoncelles et des clavecins, et l'odeur du cigare de mon voisin de table me paraissait agréable.

Oui, maintenant que j'y songe, je crois bien que c'est ce matin-là que tout a commencé.

C'est bien beau, tout ça, mais il faut que je me grouille. J'ai déjà vendu ma librairie de livres d'occasion, le Scholar's Bookstore de la rue Friel, à un universitaire retraité qui cherchait à s'occuper. Je l'ai prévenu qu'il n'y avait pas beaucoup d'argent à gagner dans ce genre d'entreprise, n'ayant moi-même exercé le métier de bouquiniste que pour jouer à être pauvre.

Tant qu'à y être, aussi bien liquider également le petit immeuble que je possède, le Balmoral. J'y verrai bientôt. Fidèle à moi-même, je n'ai jamais osé avouer à mes locataires que j'en suis le propriétaire : je me donne pour un ami à lui qui fait le concierge à temps perdu en échange d'un loyer réduit. Ainsi, lorsqu'un locataire se plaint à moi du propriétaire, je promets de lui transmettre ses griefs et je fais faire les réparations sans délai. On ne me remercie pas, bien entendu, je ne suis que le concierge.

J'ai acheté une maison dans le quartier sino-vietnamien d'Ottawa, juste à côté du Collège dominicain de philosophie et de théologie de la rue Empress, ce beau château normand où la vice-reine d'autrefois faisait ses dévotions. En attendant de m'y établir, je la loue à une maman de quarante ans. Quand j'y vivrai pour de bon, je saluerai mes nouveaux voisins, les bons pères enseignants, d'authentiques moines à soutane blanche, et je mangerai tous les jours dans les restaurants du coin. Si ça me tente, bien sûr.

J'y emménagerai après l'enterrement de mon père. Il n'en a plus pour longtemps.

Pour bien faire les choses, j'ai publié une notice nécrologique, la mienne, dans les journaux d'Ottawa.

Calvin Winter est décédé le 1ᵉʳ juillet dernier à l'âge de 40 ans. Ceux qui voudraient exprimer leur sympathie à la famille sont invités à faire un don au refuge pour itinérants La Maison du Pêcheur, rue Waller à Ottawa.

Ma vanité a été un peu blessée dans cette démarche. Un mois après l'annonce de mon décès, un jour où je passais devant La Maison du Pêcheur, l'idée m'est venue de demander au directeur combien de dons on avait faits à ma mémoire.

« Pas un sou, m'a-t-il répondu. D'ailleurs, j'ignore tout à fait de qui il s'agit. Vous le connaissiez, sans doute ? C'est très bien, ce qu'il a fait, vous savez ? Nous léguer à nous, comme ça, l'argent des fleurs mortuaires. Malheureusement, il devait être assez isolé, le pauvre... »

Je lui ai répondu que, justement, ses amis s'étaient cotisés et m'avaient chargé de lui remettre un don. Je lui ai offert tout le comptant que j'avais sur moi ; j'avais trop pitié de mon ancienne personne pour la laisser ainsi sans postérité. Le directeur m'a remercié : « Je me disais, aussi, qu'on finirait bien par recevoir un petit quelque chose. Si cela peut vous rassurer, vos amis et vous, sachez que M. Winter n'était pas un habitué de la maison. J'ai vérifié les registres, il n'y avait rien sur lui. Mais soyez gentil : repassez un de ces jours, vous me parlerez de lui... » Je lui ai tourné le dos sans lui répondre, la tête baissée. Il a cessé son boniment, croyant peut-être que je dissimulais mon chagrin.

Dehors, j'ai eu le bonheur de constater la vérité nouvelle de mon existence. À la porte, j'ai été légèrement heurté par un pensionnaire qui entrait. Un petit roux, jeune mais déjà vieillard, sans dents, qui puait le vomi. C'est lui qui m'a demandé pardon.

Depuis ce temps, je ne me laisse jamais faire. En un mois, je ne me suis pas excusé une fois sans motif. Le plombier tardait à venir, je l'ai congédié. Le ministère du Revenu national m'a réclamé un acompte, je me suis défendu, on m'a foutu la paix. J'ai envoyé promener une amie à moi, fille d'une rescapée de Dachau, qui voulait que je l'aide à déménager pour la seizième fois en trois ans. Ça fait du bien.

21

Puisque j'ai décidé de quitter cette vie pour un monde meilleur, je suis allé fêter l'événement dans un petit restaurant sympathique de la rue Wilbrod où personne ne me connaissait. C'était, il y a quelques années, un restaurant chinois, qui est ensuite devenu un restaurant chilien et qui est maintenant un restaurant somalien. On y a cependant toujours bien mangé.

Mon incognito n'avait rien d'étonnant en soi ; je précise que, depuis que j'ai entrepris ma nouvelle vie, je n'ai revu aucune ancienne connaissance. C'est pour moi un des charmes les plus méconnus d'Ottawa, ma petite capitale coloniale. La population va et vient, elle change tout le temps. Les diplomates se renouvellent tous les trois ans, les députés et les étudiants tous les quatre ans, les fonctionnaires aux trente ans. Les universitaires y sont presque invisibles : ils disparaissent au printemps et ne reviennent qu'en automne, on ne les voit jamais la fin de semaine et, après la retraite, ils sont remplacés par d'autres qui sont tout aussi invisibles. Les gens avec qui on se lie ne seront pas là demain, ce qui me plaît beaucoup. Moi, j'y suis, j'y reste, anonyme à jamais, tant mieux.

J'ai dit que je louais ma future maison en attendant de vendre le Balmoral. La première venue l'a prise. Une musicienne au visage jeune mais aux cheveux tout gris, mère d'une fillette. (C'est d'ailleurs la mode ces temps-ci : quand on se promène dans le Petit Édimbourg, le dimanche, on voit partout des femmes aux cheveux plus sel que poivre qui élèvent leurs enfants modèles à voix haute, car il faut que tout le monde sache quelles bonnes mères elles sont.) Hier, elle et moi nous sommes rencontrés.

Ce n'est pas n'importe qui : elle est nulle autre que la carillonneuse attitrée du Parlement, qui régale gratis les habitants du palais parlementaire de concertos adaptés pour le carillon. Pour faire le drôle, j'ai hasardé une allusion littéraire tout à fait pédante : « Vous sonnez les cloches, mais vous ressemblez moins à Quasimodo qu'à Esmeralda... » Elle m'a avoué sans rougir qu'elle n'avait pas encore lu *Notre-Dame de Paris*. Sa franchise m'a cloué le bec. Normalement, on répond qu'on connaît, qu'on a lu des extraits, ou qu'on n'a pas lu le livre mais qu'on a vu le film, qui est moins bon, à ce qu'il paraît. J'ai donc décidé de m'en faire une amie, mais chaque chose en son temps.

Ce matin, en visitant la maison avec la musicienne, je lui ai fait remarquer qu'il y avait des mouches mortes sur le tapis. La première gelée les a probablement tuées, lui ai-je expliqué. Elle n'a pas semblé très émue. J'ai dû avoir l'air d'un imbécile achevé parce que je lui disais ça avec un grand sourire.

Il ne faut pas m'en vouloir : c'est que le moindre événement dans ma vie est désormais bienfaisant, je trouve du bonheur aux plus petites choses. De la fenêtre, on respirait l'odeur que répandent les feux de feuilles mortes. C'était l'automne.

L'ENFANT CRI

Quand le médecin a respectueusement prié la famille de confier à un volontaire le soin de débrancher l'appareil respiratoire qui séparait mon père de la mort, je me suis levé.

J'étais debout avant même que le médecin ait terminé sa phrase. Il m'a montré quoi faire. Ma mère s'est mise à pleurer ; on n'entendait au début qu'un son étouffé, puis elle a crié : « Laisse-le vivre encore un peu, Calvin, ne fais pas ça à ton père ! Il t'aimait autant que les autres ! T'es pas obligé d'écouter le médecin, Jésus-Christ ! » Ma mère qui ne jure jamais.

Les autres profitent de sa sortie pour me regarder. Pas tous. Il y a l'aîné, Richard, le colonel d'infanterie, qui se contente de fixer le soleil anémique de l'hiver dans la fenêtre. Parfois, j'ai du mal à croire que cet homme commande un régiment.

John, lui, ose me regarder. Rien de surprenant là-dedans. John, c'est le deuxième de la famille, celui qui a toujours rêvé d'être le premier. Lorsque l'aîné gradé dit combien nombre d'hommes relèvent de son commandement, infailliblement, John l'usurpateur parle des millions qu'il gère pour ses investisseurs. Ou alors des secrétaires qu'il a séduites et congédiées après. Aujourd'hui, il secoue la tête et son regard me dit : « C'est bien toi. Je te reconnais. Tu as dû attendre ce moment-là toute ta vie.» Mais ce n'est pas lui qui va contredire le médecin et son verdict : il respecte trop la science pour cela. Par surcroît, il tient en ce moment l'occasion rêvée de devenir le fils préféré de maman, qu'il encourage, mais pas trop, à se rebeller.

Ma sœur, Deirdre, ne dit rien non plus. C'est l'Américaine de la famille. Elle a rencontré son mari en Floride, dans un club de tennis pour jeunes gens de bonne famille. Elle vit à Philadelphie. Son mari est dans l'immobilier ou dans les assurances, je ne le sais jamais. À l'enterrement, qui aura lieu le plus vite possible, j'imagine que je ferai la connaissance de ses deux fils, qui doivent bien être adolescents maintenant. Elle, je comprendrais qu'elle s'emporte contre moi ; après tout, c'était la vraie préférée de mon père. Non, pas un mot ; elle s'est rendu compte comme nous tous qu'il n'y a plus rien à faire de toute façon.

Ma mère continue. « Saloperie de vie ! Depuis le temps qu'on rêvait, lui et moi, de se la couler douce, il fallait que la maladie me l'enlève, saloperie ! saloperie ! ! ! » Mon beau-frère américain la fait sortir avec ménagement.

Le médecin achève ses explications, je l'ai compris aux trois quarts. On me laissera seul avec mon père, je déciderai du moment propice, mais je dois agir avant la fin de la nuit, car la chambre est déjà réservée pour un opéré qui l'occupera demain matin. D'accord, pas de problème. Le médecin me regarde un instant. Je veux lire dans ses pensées : cette nuit, tu seras le bon Dieu, l'archange de la mort, le mauvais fils qui tue le bon père. Mais peut-être qu'il ne pense rien. C'est égal.

Ils sont partis. Nous sommes seuls, enfin. Nous pouvons reprendre notre discussion d'hier. Tu sais combien j'aime causer avec toi. Étant le seul de la famille établi à Ottawa, j'ai profité de toutes ces nuits passées à te veiller. C'était bien, c'était très bien, et ça me fera un souvenir de plus, pas vrai ? Tu le sais, que je t'aime, que je t'aime plus que tous les autres. Je n'ai jamais cru au complexe d'Œdipe, je n'ai jamais désiré ta femme, c'était ton amour à toi que je voulais. Pour toi, j'aurais renoncé à des héritages, abandonné ma femme, trahi des amis, des idées. Si tu avais consenti une seule fois à te départir de ta pudeur, je t'aurais dit tout cela déjà.

Je sais que tu m'as aimé aussi. Quand tu m'as vu faire l'éducateur missionnaire dans le Nord, quand tu as su que j'écrivais (même s'il s'agissait des œuvres des autres), tu étais fier de moi, je le savais. Tu m'as pardonné de pas avoir fait d'enfants, tu m'as pardonné de vivre avec Zorah la Juive, et tu as bien ri lorsque tu as appris que je m'étais enrichi sans le faire exprès. Tout ça, sans qu'un seul mot sorte de ta bouche, je nous félicite : c'est ça, montrer de la retenue dans ses sentiments, pas d'effusion, du calme, messieurs !

N'empêche que j'aurais aimé un peu plus de

28

vie entre nous. Ce n'est pas grave. Car j'ai pu te
dire toutes ces choses ces derniers mois même si tu
n'en comprenais pas un mot les quatre quarts du
temps. Tu dormais, c'était la nuit. Alors je discutais
pour deux : j'énonçais mes arguments, tes répliques,
et à tous coups je t'enterrais avec ma logique impla-
cable, j'étais enfin devenu le dialecticien invincible
que tu étais jadis, quand tu portais la toge. Bien sûr,
c'était tricher, mais tu ne m'as jamais donné le
choix. Tu étais trop fort, et je t'aimais tant que
j'aurais craint de remporter la moindre joute ora-
toire avec toi.

Même maintenant, si tu pouvais reprendre
connaissance une seule fois, je n'oserais pas te
chercher querelle. Je te dirais simplement que tu as
été mon seul amour vrai et que le père Freud se
prenait pour un autre. Tu me comprends ? Oui,
hein ?

Par moments, j'ai des doutes, il faut que je me raisonne. Après tout, il y a au moins deux ans qu'il a cessé de vivre. Toujours à l'hôpital, quatre opérations à cœur ouvert, ces médicaments qui l'ont diminué à jamais, la mémoire qui l'a lâché. Il parlait tout le temps de la mort comme d'une délivrance : « J'ai fait une bonne vie, je ne regrette rien, j'ai tout réussi : mon droit, la politique, mes affaires, mon mariage, j'ai même réussi mes enfants. » Tous mes enfants, sauf Calvin, l'écrivain à gages converti en marchand de livres d'occasion. Cette phrase, c'était moi qui l'ajoutais ; lui n'aurait jamais osé. Ce n'aurait pas été convenable. D'autant que, devant ses bons amis anglo-anglicans, il disait le plus grand bien de moi, et on faisait semblant de le croire. Il leur rendait probablement la pareille.

À l'époque, j'ai voulu moi aussi qu'on croie à ma réussite. Pour plaire entre autres à Zorah, qui tenait autant que mes parents à ce que j'aie une carte de visite rassurante. En tant que bouquiniste, je gagnais tout juste de quoi payer le loyer du magasin, couvrir les frais et rémunérer les étudiants à temps partiel que j'employais. Je n'allais à peu près jamais à la librairie ; j'y passais de temps en temps pour vérifier les comptes et caresser le chat, un certain Beethoven, cadeau d'une vieille amie aujourd'hui morte, qui dormait toujours dans un coin et qui montrait pour le commerce le même désintérêt que moi. Beethoven, le chat aux quatre couleurs, qui ronflait à côté de la bouche du chauffage central, parmi les livres poussiéreux : cette image de tendresse et d'indifférence était pour moi le principal attrait de cette entreprise qui convenait mieux à des bénévoles.

Il fallait bien jouer le jeu, pourtant. Parce que c'est précisément ce que mon père et moi avions le plus en commun : cette aspiration au conformisme qui vient de la mauvaise conscience, qui s'est cristallisée avec la rencontre de Zorah et qui a commencé à me quitter en même temps qu'elle.

Je faisais donc le caméléon. C'était le surnom que ma sœur et moi avions donné à mon père : le Vieux Caméléon. Un jour, il nous a surpris à le désigner ainsi. Il n'a rien dit.

Pour une famille riche, comme celle de maman, mon père était tout juste de bonne famille. Pour les pauvres de notre petite ville de Huronie, il était d'un milieu modeste. Les uns et les autres l'estimaient. Un historien de la mode gagnerait d'ailleurs beaucoup à consulter notre album de famille : rien qu'à suivre mon père, il verrait les feutres qu'on portait dans les années cinquante, les cheveux longs et les favoris des années soixante, les costumes trois-pièces des années soixante-dix, les têtes gominées et les bretelles rouges des années quatre-vingt.

En vérité, il n'est pas né riche. Mon arrière-grand-père paternel était commerçant dans le

Vieux-Québec, un des derniers descendants des marchands écossais qui avaient suivi les soldats de Wolfe en 1759, un monsieur incapable de dire un mot de français dans un Québec de plus en plus étranger à l'anglais conquérant. Après la mort du vieux marchand, sa fille unique, restée trop long-temps célibataire, avait épousé un marin de Terre-Neuve qui n'avait vécu avec elle que le temps de lui faire un enfant.

Cet enfant, devenu adolescent, a fréquenté le Séminaire de Québec, parce que, dans cette bonne ville, on respectait les vieilles familles, surtout celles qui avaient de l'argent et, comme toujours, les jésuites espéraient convertir ce petit anglican. La grand-mère paternelle a vendu le magasin à l'époque de la dépression pour aller s'établir à Toronto, d'où elle pourrait mieux suivre les études de son fils unique, la huitième merveille du monde.

Lui que tout le monde appelait, à Québec, Alexandre Ouinetaire est devenu Alexander Knox Winter au collège Trinité de l'Université de Toronto, Alex pour les intimes. Il a appris à jouer au cricket, il a été boursier Rhodes, il s'est fait poser un accent britannique. Parcours exemplaire d'un fils de l'Empire. (La grand-mère disparaît alors du portrait de famille. Elle est allée finir ses jours à Deptford, une petite ville où elle avait un cousin recteur de la cathédrale anglicane. Elle a pris le sherry avec lui tous les dimanches après-midi jusqu'à sa mort. Je calcule qu'en trente ans le recteur et elle ont dû vider au moins trois bouteilles.)

Il s'est engagé en 1941. Jolie carrière d'officier d'état-major, loin des combats. Il portait un uniforme de capitaine quand il a épousé maman. Après la guerre, il a fait son droit et ouvert un cabinet dans la petite ville natale de ma mère, non loin de Tuppertown, en Huronie.

Ma mère est huguenote. Huguenote mais loyaliste. Dans la famille de ma mère, ces deux mots
étaient toujours prononcés ensemble, avec le
« mais » entre les deux. Deux cachets de noblesse
qui rehaussaient l'opulence ancienne de la famille
et en faisaient oublier les origines marchandes.
Son premier aïeul connu a été chassé de
France à la révocation de l'édit de Nantes. Le souvenir de cet acte de persécution religieuse est la
première marque d'honneur de la famille. Charles-
Étienne Garrison, meunier de son état, a fui les
Cévennes pour la Suisse. Plus tard, son fils est passé
en Hollande, d'où il s'est embarqué pour l'Amérique. Il a rejoint là-bas la petite communauté
huguenote qui avait fondé la Nouvelle-Rochelle.
Après l'insurrection des Treize colonies, un descendant de Garrison l'Américain ayant juré fidélité
au roi George, une partie de la famille a suivi les
loyalistes expulsés vers le Canada. Deuxième
marque d'honneur ; une persécution, politique
celle-là.
Le premier Canadien de la famille compte
parmi les colons anglophones de la Huronie. Il était
simple fermier, mais plus tard, ses fils et lui se sont
lancés dans l'exploitation forestière. Depuis ce
temps, la famille est toujours restée riche. La com-
binaison parfaite : dans notre petite ville de

Huronie, les nantis se sentaient des affinités de fortune et d'histoire avec les calvinistes que nous étions, et les démunis ne nous prêtaient aucune intelligence avec les tories arrogants. On peut plaire à tout le monde.

Ma mère et tous les membres de sa famille sont demeurés pratiquants avec un zèle d'autant plus tenace qu'il était un gage de distinction dans un milieu où les confessions épousaient les bornes sociales. Chez nous, autrefois, les catholiques étaient des Irlandais ivrognes, des Métis, des ouvriers canadiens-français ; les baptistes étaient des besogneux qui se curaient les dents à table ; les presbytériens et les méthodistes se disputaient le monopole de la politicaillerie et de la philanthropie ; les anglicans avaient la plus belle église, remplie à craquer de gens propres le dimanche.

La famille de ma mère ne frayait avec personne. Une fois par mois, tout son monde prenait le train pour Toronto afin d'aller prier dans un temple de la rue Yonge, où l'on célébrait l'office dans la langue des persécutés français d'autrefois. J'ai connu ce rituel aussi, et dans mon enfance, un dimanche par mois, j'entendais ma mère prier dans une langue qu'elle était incapable de parler autrement dans la vie courante. Un peu comme les musulmans chinois qui prient en arabe sans savoir autre chose de cette langue que le Coran. J'entends encore ma mère chanter le cantique de l'Église du Désert : « Pensez aux jours d'autrefois ! Remontez le cours des années ; demandez à nos parents et aux vieillards de nous raconter le passé. »

35

À la manière des patriciens allemands des romans de Thomas Mann, maman parsème encore aujourd'hui ses interventions de petits mots de français : des « à propos », « mon Dieu, eh bien ! », ou des phrases agrammaticales comme « ma famille est très musicale » ou « vous n'êtes pas avec moi aujourd'hui ! » Avec ses petits-enfants, les fils et les filles du colonel qui vont à l'école d'immersion française, elle s'interrompt souvent pour dire : « Comment on dit ça encore en français ? » En anglais, bien sûr. Quand on lui donne la réponse, elle a un air entendu.

Cette question de la langue a fait toute une histoire le jour où j'ai présenté Zorah à mes parents. Question de montrer à l'intruse à quelle famille elle avait affaire, ma mère, à la première occasion, lui a confié que le français était honoré dans la famille. « Mon mari a toujours parlé français. Moi aussi, d'ailleurs. Calvin a étudié en Suisse, mes petits-enfants sont tous bilingues. » Il ne fallait pas donner une telle chance à Zorah.

« Nous, les Juifs, nous épousons toujours les coutumes des pays qui nous accueillent. Mon grand-père et mon père ont appris le français parce que c'était la langue du commerce dans notre quartier. Mon grand-père a même joué au hockey avec le grand Maurice Richard, dans une ligue d'amateurs, et il lui parlait en français seulement. Moi-même, je ne parle pas d'autre langue lorsque je vais au Québec. Je refuse d'être servie en anglais à Montréal. »

C'était dit avec le plus pur accent québécois. Ma mère a souri : il était évident qu'elle ne comprenait pas un traître mot. Magnanime, Zorah a aussitôt repris en anglais, mais avec l'air de supériorité qu'elle avait dans des moments pareils. Ma mère a alors offert de lui montrer l'argenterie de la famille.

Ce dîner avec Zorah n'avait pas été une réussite, tu te souviens ? C'était à Pâques, on servait le jambon traditionnel. Maman m'a soufflé, en s'assurant que Zorah entendît bien : « C'est le plat préféré de ton père. Qu'est-ce qu'on va faire d'elle ? » Zorah, pure mécréante qui adorait le porc et en mangeait au moins deux fois par semaine, a refusé de prendre du jambon quand maman lui en a offert. Je me rappelle son petit sourire humble : « Merci, je me contenterai des légumes et de la salade, ça ira. Ne vous occupez pas de moi. » Tout le monde à table s'est alors senti gêné. On avait voulu l'exclure, elle s'excluait d'elle-même, avec grâce en plus. Son assiette à moitié vide nous accablait.

Le pire est survenu au moment où la salade a été servie : un mélange de concombres, de bananes et de dés de céleri, assaisonné de graines de pavot. Je ne me souvenais pas que c'était si infect. Zorah en a pris une bouchée avec appétit : « Il y a longtemps, vraiment longtemps que je n'avais pas mangé ça... » Son envie de rire était visible. Je ne savais plus où me mettre.

Dans la voiture, je lui ai adressé des reproches. « Depuis quand tu manges casher, toi ? » Durant les trois heures qu'il a fallu pour rentrer à Toronto, dans l'interminable embouteillage du dimanche soir à l'entrée de la Ville-Reine, elle n'a pas lâché son sourire de Joconde triomphant.

Ce fut la seule rencontre entre Zorah et vous. On en parle encore dans la famille.

Il est dix heures : à minuit, je débrancherai l'appareil, j'appellerai l'infirmière, qui constatera le décès. Après le petit séjour rituel au salon mortuaire, où tu verras défiler tous les politiciens d'Ottawa, tu auras droit au plus bel enterrement, je te le promets. Ce ne sera que justice, après tout, tu en as rêvé toute ta vie.

Maman fera poser une plaque commémorative en ton honneur à l'entrée du musée colonial de la Huronie, qui était jusqu'à récemment la demeure familiale. Il est beau, tu sais, le musée colonial de la Huronie. Tu n'y es jamais retourné, moi oui. Une fois, il y a deux ans, après que Zorah m'a quitté. La petite guide était de la région mais elle était trop jeune pour me connaître. J'étais le seul visiteur ce jour-là et, par jeu, j'avais décidé de poser au touriste québécois.

Elle m'a d'abord mené dans les jardins du parc Garrison, elle a désigné sans le savoir des arbustes où je tâchais jadis de montrer à ma sœur, sans trop de succès, comment faire pipi comme un homme. Elle m'a fait asseoir sous la tonnelle où mon frère John a baisé pour la première fois de sa vie, avec Camilla, la fille du marchand général qui rêvait d'épouser un Winter. Nous sommes entrés dans la maison et elle m'a indiqué la chambre de mon enfance, la tienne et celle de maman, celle du grand-père avec le lit à baldaquin et le pot de chambre en faïence. La cuisine, les deux grands salons avec les harmoniums, les chandeliers. Elle m'a dit, avec un brin de fierté dans la voix, que la maison Garrison était l'un des derniers grands vestiges de l'histoire loyaliste de l'Ontario.

À la fin de la visite, elle m'a demandé si cela m'avait plu. « Oui, c'est très beau. Ils en avaient de la chance les gens qui habitaient ici autrefois. » Des gens très bien, qu'elle m'a répondu, très généreux, très connus et très estimés dans la région. Elle m'a dit que tu avais été haut-fonctionnaire sous le premier ministre Louis Saint-Laurent, avocat d'affaires à Toronto et que tu avais fini juge à la Cour fédérale. Que le don de la maison Garrison pour en faire le musée colonial de la Huronie était ton idée. Une belle idée, d'ailleurs, car cela a stimulé l'industrie touristique de la région, celle qui génère le plus de revenus de nos jours ; trois personnes sur quatre en vivent, a-t-elle précisé. Ce qui est une bonne chose, car il n'y a plus rien dans la contrée : plus de forêts, plus d'agriculture, tout est disparu par les bons soins de la famille Garrison, qui y a pris tout ce qu'elle pouvait y prendre et en a investi ailleurs les profits. C'était tout de même aimable de ta part de faire cadeau d'un petit musée aux braves gens de la Huronie.

La guide m'a dit : « Au fond du jardin, au bord du lac, il y a le *cottage* de la curatrice honoraire, mais vous n'avez pas le droit d'y entrer. Désolé. »

Elle a refusé le pourboire. « Non, vous êtes trop gentil. Vous m'avez permis de me former un peu. Et vous vous y connaissez drôlement en histoire loyaliste, vous m'avez corrigé deux ou trois fois. Ça m'aidera plus tard. » Charmante, la petite guide.

Je lui ai demandé si elle savait autre chose des anciens propriétaires. Elle n'a eu que des louanges pour toi et la famille : « C'était une vieille famille. Une vieille fortune, comme on dit. Le monsieur exerçait le droit à Toronto, la dame vivait ici avec les enfants et sa sœur, la curatrice honoraire, qui habite encore ici. »

Je ne lui ai pas demandé pourquoi le *gentleman* que tu étais n'avait pas emmené sa famille à Toronto où tant d'affaires importantes te retenaient. Je savais trop bien la réponse. Tu n'as jamais voulu vivre avec maman plus de deux jours à la fois parce qu'elle buvait. Elle se soûlait au gin toutes les nuits. Comme tu vois, le secret s'est bien gardé. Personne en ville n'a jamais su que maman était alcoolique. Il n'y avait dans la confidence que toi, la gouvernante, le jardinier, les enfants et la tante Estelle. Moi-même, je ne me suis aperçu qu'elle buvait qu'à ma troisième année au Collège de la Toussaint. C'est un peu pour cette raison que nous étions en pension : pour la laisser boire tranquille.

Pourquoi buvait-elle ? Parce que tu la laissais trop seule ? Tu répondrais à cela que tu la délaissais parce qu'elle buvait. Chose certaine, tu t'absoudrais en un tournemain, tu es si habile. Maman a bu pendant vingt ans. Tout ce temps, pour tes amis torontois, elle était la châtelaine trop attachée à son coin sauvage du lac Huron. Pour les gens de chez nous, elle n'aimait pas Toronto. Je vous félicite, tout le monde a cru à cette fiction. Bien entendu, en gens polis que nous sommes, dans la famille, personne ne parle de cette époque. On complimente maman sur sa bonne mine ; c'est vrai d'ailleurs qu'on ne dirait jamais d'elle, à la regarder, qu'elle a été la plus grande ivrognesse de la Huronie.

Elle ne boit plus depuis ta nomination à la Cour fédérale. Depuis que tu t'occupes d'elle un peu plus. Mais où sont passés ces vingt ans de sa vie ? Tout le monde s'en moque, et le principal est de ne pas en parler. C'est sans doute à ce secret familial que je dois votre grande tolérance pour mes frasques. On s'abstient de juger ouvertement, on cache ses fautes, on ne dit rien. Vraiment, c'est une bonne éducation. Merci encore !

Quand la guide a eu le dos tourné, je suis allé rendre visite à la tante Estelle, la curatrice honoraire. Accueil cordial, comme il se doit. Elle m'a servi un verre de porto, des biscuits, une tasse de thé, des sandwichs au cresson et des petits fours. Le musée lui prend tout son temps libre, mais qui s'en plaindrait ? Elle m'a demandé de vous faire ses amitiés, à toi et à maman. J'ai oublié. Ne t'en fais pas, elle sera là la semaine prochaine à ton enterrement.

L'église sera pleine, tu as rendu tellement de services dans ta vie. Le premier ministre y sera représenté, s'il n'y est pas lui-même, le gouverneur général aussi ; il y aura des ministres, des députés de l'opposition, des chefs syndicaux, des patrons opulents ; il y aura aussi des ecclésiastiques, des intellectuels et des journalistes. Tu verras, ce sera beau. Ils défileront tous devant ton cercueil orné de médailles, de distinctions, de doctorats honorifiques. À l'oraison funèbre, on dira que tu as été un grand Canadien, artisan exemplaire de la paix, de l'ordre et du bon gouvernement, y sacrifiant ta liberté, ta vie et ta poursuite du bonheur.

L'Ordre ! Je me rappelle un de tes discours, quand on t'a rendu hommage lors d'un grand dîner philanthropique à Toronto. Tu disais : « Il n'y a pas de plus grande gloire que celle de servir l'ordre. Car l'ordre favorise l'harmonie, et par conséquent les échanges. D'où la prospérité matérielle, et donc, le bien-être spirituel, lequel cristallise l'ordre une fois de plus. L'ordre est un cercle vertueux qui ne sert que le bien et ne fait aucun bruit. L'ordre enrichit la collectivité, l'individu, le pays, le monde. L'affermissement de l'ordre dans le respect de la justice a été la passion de ma vie. Voyez notre pays : le Canada a ceci de grand qu'il a su liquider sans remous son patrimoine d'*apartheid* bienveillant !» On a applaudi bien fort, même moi j'ai été emporté dans le mouvement. Je t'accorde que tu as été cohérent, que tu as toujours été fidèle à tes idées et à toi-même. C'est bien. Tu auras mérité tes funérailles nationales.

Maintenant que je t'ai à moi entièrement, que tu ne peux plus te défendre, je vais te dire ce que j'ai tu toute ma vie. Je ne te reproche qu'une chose : avec tes sermons sur l'ordre et tes actes en ce sens, tu as instillé en moi le remords préventif qui m'a toujours terrorisé. On est bon envers le jardinier parce qu'on craint qu'il ne se venge en empoisonnant le chien. On paie à l'ouvrier le salaire qui lui revient parce qu'on ne veut pas le voir un jour incendier l'usine. On donne aux pauvres pour les envelopper dans la torpeur de l'humiliation. On respecte les Amérindiens de la réserve parce qu'on les redoute ; on tolère les Juifs parce qu'on leur prête de l'influence ; on ouvre les portes de l'université aux Noirs pour éviter qu'ils ne l'arrachent. Toute générosité réparatrice est issue de cette peur.

C'est cette hantise que tu m'as communiquée. La crainte du jour où, comme disait Prévert, les éléphants viendront reprendre leur ivoire. Tu n'as pas été le seul fautif car la mauvaise conscience était un état d'esprit répandu dans la famille. Maman adorait rappeler la modestie des premières années de votre mariage aux épouses des notables qui venaient prendre le thé chez nous une fois l'an : « Vous savez, nous n'avons pas toujours roulé sur l'or. Mes ancêtres n'avaient rien quand ils se sont établis ici. Et mon mari... Mon Dieu ! mon pauvre mari... Il a travaillé comme un forçat toute sa vie pour nous donner un peu de confort. Au début de notre mariage, pour faire des économies, j'allais moi-même cueillir les framboises sauvages avec la bonne pour faire des confitures qui nous duraient tout l'hiver. C'était comme ça. La vie était dure, mais elle nous trempait l'âme. J'ai élevé mes enfants dans le même esprit de saine parcimonie. Je les ai obligés à gagner leur argent de poche en leur faisant faire de menus travaux : balayer le court de tennis, nettoyer la piscine, quelque chose, quoi ! Il fallait leur enseigner que rien n'est gratuit dans l'existence. » Les dames ravies lui donnaient raison.

Aujourd'hui, je vous dirais, à toi et à elle, que vous avez été bons parce que vous mouriez de peur, et que vos bienfaits avaient l'avantage de vous faire oublier votre peur.

Je n'ai pas agi autrement quand je me suis fait éducateur-ouvrier dans l'Arctique, à l'époque où j'étais inscrit au Collège de la Frontière de Toronto, cet ordre missionnaire laïc pour étudiants bien intentionnés. Tu m'as félicité lors de mon départ : « C'est une bonne chose que d'aller vivre avec des travailleurs et de les aider. Ça te sera compté un jour. » C'est pour la même raison que tu m'as encouragé à me faire maître d'école dans une réserve de la Saskatchewan, où j'enseignais les maths à des petits Amérindiens dont l'indifférence était étudiée. Maman et toi avez approuvé ces élans du cœur qui n'étaient en fait que les élans de la peur, car j'ai toujours redouté beaucoup plus que vous les éléphants de Prévert.

Mais je dois à la vérité de dire que vous avez été efficaces : les éléphants ne sont jamais venus reprendre leur ivoire en Huronie. Aujourd'hui, on dit aux touristes qu'ils n'ont rien à craindre dans les rues, chez nous, le soir. Que ce n'est pas comme à Toronto où les Jamaïcains vous attaquent quand vous avez le dos tourné, et que les Amérindiens de la réserve sont tout à fait pacifiques parce qu'on les a bien traités dans le temps. Ici, dit-on, les gens sont heureux, ils sont prospères, ils font le bien. L'Ordre règne. Tu dois être content.

Il y a un instant, quand je pensais à ce régime de terreur que tu as installé dans ma tête, j'ai été vivement tenté de débrancher l'appareil. Une pensée m'a retenu. Ce n'est pas ta faute si j'ai été un auditeur si crédule, un terrain si fertile pour ton propre sentiment de culpabilité. Tu ne t'es presque jamais adressé à moi pour me convaincre de la justesse de tes vues. D'ailleurs, tu ne m'as presque jamais parlé. J'écoutais les discours que tu faisais à la famille au repas dominical, ou à tes amis qui venaient prendre un verre les soirs d'été. Tu ne pouvais pas t'imaginer que tes paroles auraient un effet comme celui-là, j'en suis sûr, tu ne pouvais pas savoir que je passerais ma vie à racheter la tienne.

Mon bonheur a toujours été inquiet. Rappelle-toi l'enfant cri. J'étais tout petit, mais je revois la scène tous les jours.

L'été, nous habitions un chalet aux abords de Sioux Jonction, dans le nord de l'Ontario. Dans ce temps-là, tu consacrais à la famille une bonne partie de l'été. À l'époque, maman buvait moins. Nous allions à la pêche tous les matins, au lever du soleil. C'était toi qui faisais le petit déjeuner pour la famille, la gouvernante ne venait jamais en vacances avec nous ; elle rentrait en Suisse pour l'été. Les quatre enfants réunis autour de la table, se disputant et riant pendant que tu faisais sauter les crêpes dans la poêle, c'est encore pour moi aujourd'hui l'image d'un bonheur innocent. Maman, retirée dans un coin, lisait Virginia Woolf.

Un matin, nous avons fait une promenade en famille dans le bois avec la chienne, Princesse, un doberman qui nous avait été donné par un politicien provincial de tes amis. Tu disais : « C'est une bonne chose pour les enfants que de grandir avec un chien. Ça leur donne le sens des responsabilités et ça leur apprend à aimer la nature. » C'était une bête folle, une sale bête qui n'avait jamais été vraiment dressée et n'en faisait qu'à sa tête.

Le soleil tenait les moustiques à l'écart et le chemin était tout tracé pour l'exploitation forestière. Devant nous, la chienne courait dans tous les sens. Tu nous disais les noms des plantes, des arbres et des petits animaux que nous apercevions ; tu faisais notre éducation.

Soudain, nous avons vu un enfant qui nous observait du haut d'une colline déboisée. Nous lui avons envoyé la main. Puis la chienne est sortie on ne sait d'où pour se précipiter sur l'enfant. Elle n'a pas aboyé comme d'habitude, elle a foncé droit devant, la gueule pleine d'écume. Tu as eu peur, comme nous, et tu t'es mis à rappeler la chienne, qui faisait la sourde. Elle a sauté à la tête de l'enfant, il s'est jeté de côté. La chienne lui a happé le bras, l'enfant criait. L'instant d'après, Richard, John et moi avons gravi la colline et saisi la bête par le collier ; maman est allée vers l'enfant. Tu t'es figé, pâle comme un linge.

L'enfant ne saignait pas, la morsure n'était pas profonde, mais il pleurait. J'étais tellement enragé que je me suis mis à donner des coups de bâton à la chienne. Tu m'as arrêté ; ce fut ta première parole. « Laisse-la, elle va devenir méchante si tu la bats ! » Maman pressait l'enfant de questions, il ne répondait pas. Il ne devait pas comprendre notre langue. Il avait cessé de pleurer et ne tremblait pas autant que nous, ses yeux restaient rivés sur la chienne. C'était un bel enfant, tu te souviens ? La peau mate, de longs cheveux noirs, des traits réguliers ; il portait une chemise de bûcheron à carreaux rouges et verts, très voyante.

Tu t'es enfin approché et tu as retrouvé ta grosse voix pour lui demander ce qu'il faisait là, en plein bois, sur les terres appartenant à la compagnie forestière. Tu lui as dit que c'était dangereux pour un enfant de son âge de se promener seul en forêt. Qu'il avait fait peur à la chienne et que c'était sa faute s'il avait été mordu. Maman voulait l'emmener au chalet pour le soigner. Tu as refusé, tu te souviens ? « Qu'il aille au diable ! » On t'a regardé sans comprendre. L'enfant était blessé, il fallait s'en occuper, le panser, le ramener chez lui, peu importe quoi, mais il fallait bien quelque chose ! C'est ce que nous avons tous pensé, sûrement, mais nous n'avons rien dit parce que nous ne te reconnaissions plus. Maman est intervenue : « Alex, écoute... » L'enfant cri ne pleurait plus. Je le regardais, j'avais tant pitié de sa blessure, j'aurais voulu avoir été mordu à sa place.

Tout à coup, le petit s'est sauvé. John a voulu

lui courir après, tu lui as ordonné de ne pas bouger. C'est alors que tu as repris l'initiative et que nous avons reconnu la voix suave avec laquelle tu nous parlais d'habitude, et celle sûrement que tu mettais au service de tes gros clients devant les tribunaux.

« Il faut rentrer. Il est tard. Richard, mets la chienne en laisse ! Venez !» Nous sommes rentrés presque au pas de course, sans dire un mot. Au chalet, je t'ai demandé : « Qu'est-ce qui va arriver au petit gars qui s'est fait mordre ? Est-ce qu'il va mourir tout seul dans le bois ?» Tu m'as hurlé de me taire ; ce fut la seule fois de ta vie où tu m'as crié après. Tu as fait monter la chienne dans la voiture, tu es parti. C'était l'heure du souper, j'ai refusé de manger ; je pleurais, je voulais savoir ce qui arriverait à l'enfant indien. Je suis allé me réfugier dans ma chambre pour pleurer à mon goût et je me suis endormi.

Au matin, tu nous as réunis pour faire le point.

« Tout est arrangé. Je vais vous dire ce qui en est, et après, je ne veux plus jamais entendre parler de cette histoire.

« D'abord, je suis allé chez le vétérinaire pour faire examiner la chienne. Soyez rassurés : elle ne court aucun risque. Tant mieux, parce que c'est un animal de haut prix, qui nous a été donné, souvenez-en, par un monsieur très influent qui s'y connaît en élevage d'animaux de race. Il ne me l'aurait pas pardonné s'il lui était arrivé un malheur. Donc, ça va.

« J'ai profité de mon petit séjour à Sioux Jonction pour faire enquête. L'enfant n'est pas de la région. On trouve ici surtout des Ojibwés et quelques Sioux ; l'enfant appartiendrait à une bande de Cris, d'une réserve située plus au nord, qui parcourt la région à la recherche de travail pour l'été. Ils sont comme ça : ils travaillent dans la forêt, l'été, comme bûcherons ; après qu'ils ont gagné de quoi passer l'hiver, ils se retirent chez eux pour ne rien faire pendant la mauvaise saison. Tout le monde en ville connaît l'enfant de cette bande de nomades saisonniers : comme ses parents ne s'occupent pas de lui, il rôde partout. Il se met parfois dans le pétrin ; on l'a bien vu hier.

« J'ai parlé à un contremaître de la compagnie forestière. Il m'a confirmé que le petit avait commis un délit en circulant sur une propriété privée. La compagnie pourrait porter plainte. Je lui ai demandé d'oublier tout ça, même si je vous avoue que j'ai été tenté un instant d'alerter la Société d'aide à l'enfance à son sujet. Mais il vaut mieux se mêler de ses affaires, et de toute façon, on ne gagne rien à aider des gens qui ne veulent pas s'aider eux-mêmes...

« De toute manière, on ne sait pas si l'enfant a vraiment été blessé. J'ai vérifié, l'hôpital n'a pas entendu parler d'un enfant qui aurait été mordu. J'ai vu un médecin, il n'était au courant de rien, lui non plus. Donc, l'enfant est sain et sauf. Il aura tout juste eu un peu peur.

« Chose certaine, si le chef de la bande ou le père du petit se présente ici pour obtenir une compensation quelconque, je la lui verserai volontiers. Je ne suis pas un monstre. Toutefois, si nous n'avons pas de nouvelles, c'est que tout est bien, non ? »

Tu as ajouté ceci à mon intention, parce que tu me regardais :

« Il faut comprendre, je vous l'ai dit, que les Indiens ne sont pas comme nous, ils n'ont pas la même sensibilité. Si cette chose arrivait à un de mes enfants, je ne tarderais pas un instant à poursuivre en justice le propriétaire du chien. Pas eux, pas les Indiens. Ils ne s'occupent pas de leurs enfants de la même façon que nous. Rappelez-vous qu'ils sont beaucoup plus près de la nature que nous, étant donné qu'ils vivent dans la forêt depuis toujours. Donc, l'enfant n'en voudra pas à la chienne parce qu'elle lui a fait un peu peur ; il aime sûrement les bêtes. Il aura compris que la chienne ne voulait que jouer avec lui et que ça n'a pas tourné comme il le croyait. Moi, je pense que c'est nous qui lui avons fait peur en lui accordant un peu trop d'intérêt. Après tout, il devait savoir, quel que soit son âge, qu'il était en situation irrégulière, là, dans la forêt sur laquelle la compagnie possède des droits de coupe depuis plus de cinquante ans. Et qui sait ? Peut-être qu'il voulait nous la voler, la chienne ? Si nous n'avions pas été là, il l'aurait peut-être attirée à lui, il l'aurait emmenée sur sa réserve et nous ne l'aurions plus jamais revue. Hein ? Avez-vous pensé à cela un seul instant ? Je gage que non.

« Bref, tout est bien qui finit bien, et qu'on ne me reparle plus de tout cela. Qui veut venir à la pêche avec moi ? Il est encore tôt, nous pouvons faire quelques belles prises. Allez, qui vient avec moi ? »

Richard et John étaient tellement heureux de partir avec toi. Deirdre voulait se faire bronzer sur le quai. Maman a annoncé qu'elle ferait un gâteau au chocolat pour le souper. Il n'y a que moi qui ai refusé de participer au soulagement général. Je pensais à l'enfant cri et à ce qui arriverait si sa bande décidait de le venger. Je n'ai rien pu manger de la journée, mais je t'ai écouté : je ne t'ai plus jamais reparlé de l'enfant cri.

Or, je m'en souviens encore et j'aimerais que tu aies ta connaissance pour te dire que j'ai traîné ce remords toute ma vie. Je te dirais ce qui en a été, puis je débrancherais l'appareil. Je ne te laisserais pas placer un mot parce que tu as été si habile, dans cette circonstance, comme dans le reste de ta vie. À la fin de ton boniment, tu avais convaincu la famille qu'il fallait récompenser le chien et euthanasier l'enfant cri. Voilà comment tu as été toute ta vie.

Maintenant, j'ai très envie de te débrancher. C'est mieux, parce que tout à l'heure, je ne m'en sentais pas vraiment le courage.

Je dois une autre chose à cet épisode : mon imagination. Car l'imagination a toujours été chez moi l'œuvre de la peur, qui est elle-même issue de la culpabilité. Par exemple, j'ai commencé à craindre le chalet et les environs de Sioux Jonction. Toutes les nuits, je faisais des cauchemars où une bande d'Indiens encerclait la maison et réclamait justice pour l'enfant cri. Ils tuaient mes parents, nous torturaient, mes frères et moi, ils emmenaient Deirdre en captivité pour la donner en mariage au fils du chef. La chienne, ils la tuaient d'un coup de hache. Je me réveillais souvent et j'écoutais les bruits de la nuit pour m'assurer que la maison restait à l'abri d'une attaque indienne. Le jour, j'avais honte de ce rêve. J'espérais revoir l'enfant cri pour m'assurer qu'il était sain et sauf. Tu sais ce que je faisais alors ? Je me cachais dans un coin pour repenser mon cauchemar et, à force d'imagination, je le transformais en un rêve qui se terminait bien. J'ai ensuite fait ça toute ma vie.

Pour faciliter mes rêveries réparatrices, je faisais intervenir la légende de Morris Two-Guns Cohen. J'en avais entendu parler à la radio, il y avait eu des articles sur sa vie fabuleuse dans quelques revues. Gavroche juif des rues de Londres, il avait fait de la boxe comme poids coq à l'époque encore récente où l'on organisait des combats entre enfants. Quelques délits l'avaient conduit dans une maison de redressement, après quoi son père l'avait envoyé au Canada pour qu'il refasse sa vie. Il s'était établi dans l'Ouest : il avait appris à tricher aux cartes, à tirer au revolver, à attraper des bestiaux au lasso. Il avait aussi fait fortune dans l'immobilier et tâté de la politique. S'étant lié d'amitié avec des Chinois persécutés, il était entré en contact avec le Kuo-min-tang pour lequel il s'était fait trafiquant d'armes. Pendant un voyage en Chine, il avait été admis dans l'entourage du docteur Sun Yat-Sen, l'homme de la Chine nouvelle, qui en avait fait son garde du corps. C'est en Chine qu'on lui avait donné le surnom de Two-Guns car il portait toujours deux pistolets sur lui. Sun Yat-Sen l'a nommé colonel à titre honorifique ; plus tard, pour le remercier de ses bons offices, Chiang Kai-Shek l'a fait général. Il n'a pas beaucoup combattu là-bas ; il a surtout bu, vendu des armes, vécu l'aventure du Blanc au milieu du péril jaune. Rentré en Occident, il s'est lancé dans le commerce et a finalement épousé l'héritière d'une usine textile de Montréal.

Dans mon imagination d'enfant terrifié, Morris Two-Guns Cohen a pris le costume du justicier magnifique. C'était lui qui venait à mon secours quand le souvenir de l'enfant cri me devenait intolérable.

La scène était habituellement celle-ci. Dans le matin, sur le lac embrumé, devant la famille rassemblée, Morris Two-Guns Cohen apparaissait debout sur une péniche, entouré de rameurs indiens au torse nu, avec l'enfant cri à ses côtés. Mon père lui ordonnait de s'en aller, et en guise de réponse, Morris sortait ses deux pistolets et tirait une volée de coups. Des ampoules éclataient, des cordes étaient tranchées, des poteaux étaient étêtés. Le silence se faisait aussitôt. Un des rameurs lui remettait une nouvelle paire de pistolets. Il était beau à voir : avec son costume de cow-boy, enveloppé dans un long manteau qui ressemblait à une soutane, coiffé d'un grand chapeau qui le faisait ressembler à la fois à un rabbin et à un héros de film western. Toi, mon père, tu te mettais à genoux et tu le suppliais d'épargner ta famille, tu lui promettais tout ce qu'il voulait à condition qu'il s'en aille. Tu t'humiliais, tu pleurais comme un veau. Mais lui ne voulait qu'une chose en guise de réparation : la chienne. D'elle-même, les oreilles pendantes en signe de soumission, la bête se jetait à bord de la péniche et se couchait à côté de l'enfant, qui, pour la première fois, faisait un grand sourire. La péniche disparaissait alors dans le brouillard. Le soleil revenait, il faisait bon vivre, les méchants avaient été punis, les bons récompensés, la justice existait sur terre. Plus tard, Morris Two-Guns Cohen revenait me chercher et je vous disais adieu pour entreprendre avec lui une vie aventureuse de redresseur de torts.

Ce remède emprunté à l'histoire et à l'imaginaire soulageait mon angoisse. Seul dans mon coin, je jouais avec des personnages de l'histoire, et avec eux je poursuivais mes bonnes œuvres. Je défendais Québec contre Wolfe, j'affranchissais des esclaves noirs deux cents ans d'avance, et j'étais aimé de toutes les bienfaitrices de ce nouveau monde où les bons gagnaient tout le temps contre les méchants.

Je n'ai guère changé avec l'adolescence. Tu te souviens pourquoi les autorités du collège de la Toussaint m'ont expulsé ? C'est parce que j'avais arraché et récrit quantité de pages des manuels d'histoire et encyclopédies de la bibliothèque. Mon imagination repentante était fébrile : grâce à moi, les tribus indiennes ne se laissaient plus massacrer, on faisait revenir les Acadiens de leur déportation, on dépendait Louis Riel et on se servait de sa corde pour fouetter ses bourreaux. Les autorités du collège n'avaient pas apprécié mon révisionnisme à la soviétique, qui était pourtant bien intentionné.

C'est l'heure maintenant. Allez, adieu, c'était tout ce que j'avais à te dire. Oh, j'aurais pu continuer pendant des heures, mais ça suffit pour aujourd'hui. De toute façon, ta chambre est déjà réservée à un autre mourant.

J'ai débranché l'appareil et je me suis assis confortablement dans le fauteuil en face pour le regarder mourir.

Le bruit qu'a fait l'infirmière en entrant dans la chambre m'a réveillé. Je l'ai vue qui appelait un service quelconque. C'était fini. Je me suis frotté le visage, je me suis levé et je suis sorti.

Rentré chez moi, je me suis écrasé sur mon lit, si fatigué que je n'ai même pas eu à pleurer pour m'endormir, comme quand j'étais petit. Au début de l'après-midi, reposé, frais douché et vêtu de mon meilleur costume noir, je suis allé rejoindre maman à l'appartement-hôtel qu'elle occupe depuis que papa est entré à Saint-Vincent. C'est près de la rue Elgin, j'avais besoin d'une bonne promenade au froid pour me fabriquer une tête triste.

Elle m'a accueilli avec des cris de gaieté. « Oh, Calvin ! Te voilà enfin ! Il va mieux, beaucoup mieux ! C'est grâce à toi ! Oh, Dieu est bon, Calvin, Il écoute nos prières ! » Mes frères me regardaient d'un air indulgent et un peu niais.

C'est Deirdre qui m'a tout expliqué dans un coin de la cuisine. Après le débranchement, ses fonctions vitales ont repris. L'infirmière a alerté le médecin, qui l'a ranimé complètement ; le patient a même dit quelques mots. « Remarque qu'il est resté aux soins intensifs, la partie n'est pas encore gagnée, mais il a des chances de s'en sortir. Heureusement que tu as eu l'idée de le débrancher, autrement il n'aurait pas eu cette seconde chance. » Maman a dû m'embrasser quatre fois pendant l'heure où je suis resté chez elle.

Le médecin avait raison d'être optimiste. Il s'en est sorti, après un séjour de deux mois à l'hôpital et une dernière intervention. Il a quitté Ottawa après sa convalescence. Maman et papa sont rentrés à Salem, dans la campagne ontarienne, où ils possèdent une petite propriété. Papa est encore bien vivant : il joue au fermier tout l'été et hiberne en Arizona avec maman et la moitié de ses voisins.

La dernière fois que je lui ai parlé au téléphone, il se portait comme un charme.

LA SAMARITAINE

La culpabilité entretenait chez moi une morale chargée d'érotisme. On vient en aide à des malheureux parce que le dévouement est beau et vaut parfois des rencontres inespérées. La femme laide qui pousse le fauteuil roulant d'un monsieur n'a qu'une idée en tête : incarner la beauté féminine pour ce pauvre homme et se l'attacher pour la vie. Même chose pour le garçon boutonneux qui fait sa maîtrise en travail social et compte déjà les femmes vulnérables qu'il dominera sans mal. Ou alors, la femme laide et le garçon boutonneux rêvent d'éveiller l'admiration chez ceux de leurs semblables qui prêtent une qualité esthétique au dévouement.

Je le sais d'autant que toutes ces pensées m'ont habité autrefois. Avant Zorah, je n'ai aimé que des femmes fragiles. Des mères célibataires, des fugueuses en mal de protection, des femmes mûres et malchanceuses.

Un de mes locataires du Balmoral a été victime de cette sollicitude intéressée. C'est un monsieur aveugle, qui écrivait jadis. Le jour où il m'a raconté ce qui lui arrivait, j'ai compris tout de suite où il voulait en venir, je n'ai pas eu besoin d'explication, je le suivais d'instinct. C'était si limpide, j'aurais pu raconter des bouts de sa propre histoire que je ne connaissais même pas. Je me retenais cependant d'intervenir : ce n'aurait pas été poli, et j'aurais pu me tromper sur les détails.

Le premier jour où j'ai vu Bérénice, je me suis rendu compte que nous étions de la même famille. Son sentiment de culpabilité était toutefois différent. Militant, impitoyable, hargneux.

Elle habite l'immeuble où je me fais passer pour un concierge presque bénévole. À mon arrivée, je lui ai dit, en la rencontrant dans l'escalier : « Si vous avez besoin de quoi que ce soit, vous pouvez vous adresser à moi. Je suis un ami du propriétaire. » C'était dit avec un sourire ; j'étais de bonne humeur ce jour-là, je commençais à me remettre du départ de Zorah. À première vue, elle m'avait paru gentille ; elle chantait comme un rossignol et sentait la lavande de Florence.

« C'est un vrai taudis ici ! Vous n'avez pas vu qu'il faut refaire la peinture dans les couloirs ? Auriez-vous peur d'en parler à votre patron ? J'aimerais bien l'avoir devant moi, le fameux propriétaire ! Lui qui nous demande des loyers astronomiques et qui ne fait rien pour les locataires ! Au moins, vous, vous serez là pour vous en rendre compte ! C'est un ami à vous ? Eh bien, je ne vous félicite pas. Ce doit être un homme, je vous gage ! Moi, je n'ai jamais de soleil dans mon appartement, je vis comme un animal en cage ! Si ça continue comme ça, je vais aller me loger ailleurs. C'est écœurant ! »

J'ai tâché de la rassurer, j'allais m'occuper de tout. Elle m'a tourné le dos. Le jour même, je suis monté chez elle pour faire de menus travaux. Un robinet qui fuyait, une tringle défaillante dans sa chambre. J'ai passé une heure à peine chez elle, et elle n'a pas cessé d'invectiver le propriétaire ; les autres locataires n'étaient pas beaux, eux non plus. « Au deuxième, il y a un couple d'étudiants qui écoutent de la musique américaine. Si on peut appeler ça de la musique, ce qu'ils écoutent... Moi, j'ai fait huit ans de violon, et je suis abonnée aux grands concerts du Centre national des arts, je sais de quoi je parle. Et puis au premier, juste en face de chez vous, il y a une vieille dame qui ne doit pas faire le ménage souvent. C'est sûrement à cause d'elle s'il y a de la vermine dans la maison. Je vous le dis : c'est écœurant ! »

Pendant des mois, par la suite, je trouvais tous les deux ou trois jours une note sur ma porte m'intimant de faire ceci ou cela. Jusqu'au moment où j'en ai eu assez. Une fois où elle se plaignait du loyer prohibitif, j'ai hasardé une manœuvre. « Vous savez, il ne faut pas trop m'en demander à moi. Il me paie très mal, le propriétaire. Il faut toujours que je me mette à genoux devant lui pour obtenir la moindre chose. J'aime bien vous dépanner, ça me fait plaisir, mais lui, il n'est jamais content. Moi aussi, je songe à aller ailleurs. » Ça a marché. Elle a eu pitié de moi et m'a fiché la paix. Je le savais : les coupables de la conscience comme elle n'estiment que les faibles.

Après, elle m'a presque pris en amitié, ce qui

était pire que subir ses attaques. Si je la croisais à son retour du travail, elle ouvrait grand son manteau pour me montrer son uniforme d'infirmière : « Je suis crevée, vous savez, mon pauvre monsieur. Vous, vous ne savez pas la chance que vous avez, vous qui restez ici toute la journée à jouer au concierge. Moi, je travaille la nuit, à toutes sortes d'heures, à aider de pauvres malades, pour un salaire de famine. Vous ne savez pas ce que c'est ! Heureusement que j'aime mon métier. Être infirmière, ce n'est pas pour tout le monde. C'est une vocation. Mais on nous traite comme des esclaves, si vous saviez... C'est écœurant ! »

Tout ce qu'elle entreprenait était difficile. Elle m'exhibait les romans épais qu'elle empruntait à la bibliothèque. « Proust, vous savez, c'est dur à lire, mais que voulez-vous ? Il faut l'avoir lu ! Les jeunes, de nos jours, ne lisent plus ; ils ne pensent qu'à s'amuser, à faire les fous, ils ne pensent qu'à eux. » Et ainsi de suite. Elle voyait aussi des pièces difficiles : « Vous savez, Jean Genet, ce n'est pas facile à comprendre. Moi, je n'irai pas perdre mon temps au théâtre de boulevard, comme les autres, qui vont au théâtre pour rire. » Elle voyait aussi des films difficiles.

Le samedi matin, l'été, elle partait en promenade à bicyclette, équipée des pieds à la tête. Culotte serrée, casque ovale, bouteille d'eau. Elle m'a montré un jour ce qu'il y avait dans son sac à dos : « Regardez, que des fruits séchés. Je ne mange pas de cochonneries : des frites, des hamburgers, des choses comme ça. Je fais attention à ma santé, je vois trop de malades dans ma journée pour prendre des risques. » Son accoutrement était un reproche à l'humanité dissipée. Celle qui fume, boit de la bière, mange gras, regarde la télévision, rit au théâtre, ne pense à rien ou se lève tard le samedi. Elle déployait ces signes et ces rites de la santé moins pour me convertir que pour me prouver, à moi et, à travers moi, aux autres humains ordinaires, sa supériorité morale.

Les autres locataires ne l'aimaient pas beaucoup. Elle intervenait souvent auprès de moi pour que j'en expulse un ou deux. « Le couple d'étudiants, au deuxième, ceux qui écoutent de la musique américaine, qui passent leur temps à faire des orgies. Eh bien, l'autre jour, un de leurs amis, un grand crotté, m'a dit des grossièretés. J'ai bien failli appeler la police. Je pense que vous devriez faire quelque chose. Parler au propriétaire, par exemple. » Je promettais d'y voir. Évidemment, je ne faisais rien. Elle oubliait et trouvait vite un autre sujet de plainte.

Un jour, j'ai loué le studio du dernier étage à un Innu qui se faisait appeler Elvis. C'était un brave gars, pas compliqué. Il avait étudié à l'université et possédait un commerce au Labrador avec sa femme et sa sœur. Il était à Ottawa avec deux de ses amis pour négocier une cession de territoire avec le gouvernement fédéral. Ses camarades et lui étaient chargés de donner des instructions aux avocats et aux comptables qui faisaient le travail de plomberie ; après, ils devaient rendre des comptes à la bande et expliquer le déroulement des négociations. Il en avait pour quelques mois à Ottawa.

Il n'était pas dans l'immeuble depuis vingt-quatre heures que Bérénice m'est tombée dessus. « Vous l'avez vu, le nouveau locataire ? Celui de la chambre au grenier ? Pauvre lui, c'est tout ce que le nouveau propriétaire a trouvé à lui louer ? Puis je gage qu'il lui demande un prix de fou pour ça ! Moi, je tiens à ce qu'il soit bien traité. C'est un Innu ! Un Indien, si vous préférez. Ce sont pas des gens comme nous, vous savez ? Ce sont des gens qui sont beaucoup plus près de la nature que les Blancs. Vous savez que dans leur langue le mot « innu » veut dire « personne ». C'est beau, non ? Ça doit être très difficile pour un homme comme lui de vivre dans notre ville sale et polluée. C'est écœurant ! » Je n'ai pas écouté le reste.

Elvis et moi sommes devenus des amis. C'était un débrouillard. Au bout de quelques semaines à Ottawa, il connaissait tous les strip-teases de la ville. Il savait où se procurer les cigarettes et l'alcool de contrebande. Parfois, il m'emmenait dans les tripots qu'abritent certains restaurants chinois ; il jouait et gagnait gros. Après, on allait finir la soirée chez un *bootlegger* de la rue Bell. Il ne courait pas les filles, il avait peur des maladies, disait-il. D'autres fois, après une journée ardue, il descendait chez moi pour faire une partie d'échecs et boire une tasse de thé.

Un soir, il m'a confié, avec le clin d'œil de circonstance, qu'il couchait avec Bérénice de temps à autre. « Elle n'est pas jolie, mais ça passe le temps et ça fait du bien. En plus, comme elle est infirmière, je crains moins les maladies. »

Un matin, elle est entrée chez moi, triomphante : « Vous pouvez aller dire à votre propriétaire qu'à compter de ce soir, il exploitera un être humain de moins. J'ai invité le monsieur innu à partager mon appartement. Après tout ce que nous leur avons fait à ces pauvres gens-là, nous, les Blancs, il est temps de les aider un peu ! Puis vous n'avez pas le droit de vous y opposer. Ce serait écœurant ! » J'ai répondu que cela ne me regardait pas et que le propriétaire ne ferait pas d'histoire. Le lendemain, j'ai loué la chambre à un prestataire de l'assistance sociale, M. Roland Provençal.

Au début, je n'entendais parler de rien. Puis, Elvis s'est mis à me rendre visite plus souvent qu'à l'accoutumée. Il ne mentionnait jamais ses rapports avec Bérénice, mais on voyait que ce n'était pas le diable. Il rentrait à toutes sortes d'heures, il y avait des scènes. À tel point que le couple étudiant du deuxième m'a demandé un jour d'intervenir parce qu'il y avait trop de bruit la nuit. Quand j'ai transmis la plainte à Bérénice, elle m'a répondu, furieuse, qu'elle me ferait perdre ma place et qu'elle irait elle-même parler au propriétaire. Elle m'a claqué la porte au nez.

Un soir, j'ai demandé à mon ami Elvis si sa mélancolie lui venait de son éloignement de sa famille ou des difficultés de la négociation.

— Non, ça va.

— Tu n'aimes pas ça ici ? La ville te déplaît ?

— Non, j'aime bien la ville. C'est grand, c'est propre, c'est beau, Ottawa.

— Alors, qu'est-ce que tu n'aimes pas, ici ? »

Il a soupiré un bon moment et dit :

— Les arbres. J'aime pas les arbres. Surtout l'hiver, on dirait des mains d'infirmes ou de squelettes. Ça gâche le paysage. Ça bloque la vue. Quand je vois des arbres, je m'ennuie de chez nous. Il y a trop d'arbres par ici. Quand je raconte ça à Bérénice, elle me dit que je ne suis pas un vrai Indien. » Ça le faisait rire.

Son mandat de négociateur allait prendre fin, il serait bientôt relevé par un ami de sa bande. Je n'étais pas fâché de le voir partir, car Mlle Bérénice me faisait maintenant des scènes de jalousie. Elle m'accusait de le faire boire : « Comprenez donc que les Indiens ne sont pas des gens comme nous, nos poisons les tuent. C'est écœurant ! » Elle entrait chez moi à toute heure du jour pour me demander si je l'avais vu. Ça devenait fatigant.

Le jour de son départ, nous avons pris un dernier verre ensemble en attendant le taxi qui devait l'emmener à l'aéroport. Ma porte était ouverte, et quand Bérénice est descendue, en tenue d'infirmière, il lui a lancé un mot que je n'ai pas compris. Je n'ai entendu que sa réponse à elle : « Vous autres, les hommes, vous êtes tous pareils ! C'est... » Elvis a fermé la porte.

Le reste de l'histoire appartient au successeur d'Elvis : l'écrivain aveugle du troisième, voisin de palier de Mlle Bérénice. Après le procès, il m'a tout révélé. C'était son histoire, autant le laisser la raconter ; autrement, je risquerais de passer pour un vrai concierge.

« Je ne suis pas aveugle de naissance ; chez moi, il s'agit d'un décollement de la rétine. Pendant quelque temps, j'ai voulu me tuer. Imaginez ce que c'est que de vivre sans la vue quand on est un homme de livres ! Oh, j'écrivais, et j'écris encore un peu, je n'ai pas réalisé de grande œuvre, mais c'était cela qui me faisait vivre.

« En emménageant ici, je vivais seul pour la première fois de ma vie. Ma fille et ma petite-fille ont habité quelques années avec moi, mais c'était surtout pour dépanner ma fille, parce qu'elle n'avait pas beaucoup d'argent. Elle n'avait pas de mari, vous comprenez ? Après avoir terminé ses études, elle a rencontré quelqu'un ; elle s'est mise en ménage avec lui. Je comprenais ça, c'est de son âge. On ne peut pas demander à une fille avec une enfant de vivre seule toute sa vie, c'est pas humain. Moi, je n'étais pas mécontent de me retrouver seul. Après tout, je suis assez grand pour m'occuper de ma petite personne. Qu'en pensez-vous ?

« Alors j'ai emménagé au Balmoral. Je me suis acheté un oiseau : un toucan, que j'avais baptisé Frouteloupé. J'avais toujours rêvé de vivre seul avec un oiseau.

« J'ai fait la belle vie pendant un temps. Je me suis enseigné un peu le violon, je syntonisais les postes de radio que je voulais, mais surtout j'écoutais des livres parlants à longueur de journée. C'était merveilleux ! Moi qui avais été trop paresseux pour lire certains classiques, figurez-vous que je les ai écoutés d'un bout à l'autre ! Je faisais la cuisine, moi qui n'avais jamais su me préparer un œuf du temps où j'y voyais. Je me promenais tous les jours. J'aspirais même à rencontrer une femme, mais une femme qui me connaîtrait tel que je suis devenu et qui n'aurait pas pitié de moi. Ma fille venait souper tous les dimanches avec son compagnon et ma petite-fille. »

Quand il parlait de sa rencontre avec Bérénice, je me sentais un peu mal à l'aise. Après tout, c'était moi qui avais décidé de faire fumiger l'immeuble après le départ de la vieille du premier. La pauvre dame conservait chez elle des aliments gâtés, c'était pour cela qu'il y avait tant de vermine dans l'immeuble.

« Je ne sais pas qui est l'imbécile qui a décidé de faire fumiger l'immeuble. C'est comme ça que tout a commencé.

« Oh, je n'avais pas à m'en plaindre. Fumiger est toujours une bonne mesure d'hygiène publique, ça chasse les parasites. Un ami était venu m'aider à vider les armoires de la cuisine pour que l'exterminateur puisse faire son travail. L'ami est tombé malade, il ne pouvait revenir avant quelques jours. J'avais donc pris les choses en main, résolu à tout replacer moi-même. Cela prendrait du temps, bien sûr, mais le temps, c'est ce dont je suis le plus riche. Je me suis mis au travail.

« Elle a frappé chez moi le soir où j'avais commencé à ranger. Je l'ai reconnue à sa voix. C'était la femme qui vivait avec Elvis l'Innu, du temps où il était dans l'immeuble.

« Je ne vous dérange, pas au moins ? Je m'inquiétais à votre sujet. Étant donné votre condition, j'ai pensé que... Tout ça à cause de cet idiot de concierge. Ça importune tout le monde pour si peu... Si vous le voulez bien, je peux vous donner un coup de main. J'ai terminé chez moi. »

« Je lui ai répondu que ce n'était pas la peine, j'étais fort bien capable de me débrouiller. Elle a insisté, j'ai résisté.

« Elle est revenue le lendemain pour me demander si j'avais besoin de quelque chose. Elle allait faire des courses. Elle avait la voix mouillée, comme si elle m'implorait de lui réclamer un petit service. J'ai eu pitié d'elle. Pour avoir la paix, je lui ai demandé de me rapporter une boîte de graines pour le toucan. J'ai répondu cela seulement pour lui donner le sentiment d'être utile. Par charité.

« Oh oui, bien sûr ! Tout ce que vous voudrez, vous pouvez me demander n'importe quoi, ça me fait tellement plaisir ! Si vous saviez combien je vous admire de vous voir vous tirer d'affaire comme ça. C'est si propre chez vous ! Je vous félicite ! On aimerait avoir des patients comme vous à l'hôpital, je vous assure ! La vie serait tellement plus facile... »

« Elle n'arrêtait plus. Je regrettais de lui avoir demandé ce service. Des graines ! Vous vous rendez compte ? J'en avais déjà toute une caisse chez moi.

« Elle est revenue avec bien plus que des graines. Je l'ai entendue qui déballait tout son nécessaire à ménage : un seau, un balai, des torchons. Je ne pouvais même plus lui fermer ma porte, elle était au milieu de l'appartement. « Je n'ai pas trouvé de graines pour votre toucan, l'animalerie était fermée. Je n'ai rien à faire de mon samedi, il pleut en plus. S'il faisait soleil, j'enfourcherais ma bicyclette, pour garder la forme. Il faut que je bouge, moi ! Et je ne peux pas rester chez moi à me rien faire pendant que vous trimez dur ici sans recevoir aucune aide... "

« J'ai résisté, elle a insisté. Elle a repris sa voix humide pour me supplier.

« Ça me ferait tellement plaisir, si vous saviez... " C'est le son mouillé de sa voix qui m'a fait céder. Ça m'agaçait et je voulais la faire taire. Ce son m'énervait encore plus que la voix faussement enjouée qu'elle empruntait. On aurait dit une enfant qui va faire une grosse surprise à un camarade un peu demeuré. Oui, j'ai cédé.

« Elle me posait des questions sur tous les objets que j'avais chez moi. " C'est quoi, cette machine que vous avez dans le coin là ? " " Où mettez-vous la salière et la poivrière ? " Après des mois de solitude complète, je n'avais plus l'habitude de la compagnie. Je dois préciser que même du temps où j'y voyais, je n'avais jamais été un parangon de patience. Au premier fracas, je lui ai hurlé de faire attention. Elle n'avait rien brisé, juste effleuré une théière, mais je n'y tenais plus.

« Vous allez tout casser, bordel ! Savez-vous

combien de temps j'ai mis à me faire un intérieur ?
Vous déplacez tout ! Ça suffit ! Ce n'est pas la peine
de m'aider, je vous l'ai dit ! Allez-vous-en ! »

« Elle s'est excusée, elle a repris ses choses et
elle est repartie sans plus rien dire. Enfin !

« Elle est revenue le lendemain : " Je voulais
que vous m'excusiez pour hier. Ce n'était pas de ma
faute, je voulais seulement vous être utile. Puis
j'étais tellement heureuse de parler à quelqu'un.
C'est dur, des fois, de vivre seule. On se déshabitue
des autres êtres humains. Alors, je vous demande
pardon encore une fois...

— Bon, ça va. Je vous demande pardon, moi
aussi. J'ai été brutal envers vous, mais vous com-
prendrez qu'avec tout ce dérangement...

— Oui, je sais bien, c'est la faute du concierge....

— Bon, n'en parlons plus. Je n'ai besoin de
rien, vous pouvez rentrer chez vous...

— Je tiens à ce qu'on reste de bons voisins....

— C'est ça. Moi aussi. Au revoir, madame.

— Appelez-moi Bérénice. "

« Elle a tenu à me serrer la main en gage de
paix. Je lui ai tendu la mienne pour qu'elle s'en aille
plus vite avec sa voix fatigante. Ce fut ma première
erreur.

« J'ai failli défaillir. C'est que sa main était
parfumée au patchouli. Vous comprenez, j'ai toujours aimé l'odeur du patchouli sur une femme.
C'est l'odeur de ma jeunesse, quand je portais les
cheveux longs et que les jeunes filles mettaient des
parfums qui sentaient l'Orient, les voyages, la route,

le haschich. L'odeur du patchouli sur une femme
m'a toujours donné le goût d'écrire. Je ne me
l'explique pas, c'est comme ça. J'ai dû faire un
sourire.

" À bientôt, monsieur.

— Oui, à bientôt... "

« Bientôt, c'était le lendemain. Il restait
encore des choses à ranger chez moi. Il pleuvait
depuis quatre jours, quatre jours que je ne m'étais
pas promené. Elle était là, avec la même voix
humide, celle qu'elle se donnait pour faire pitié.
Elle voulait m'emprunter un peu de thé, elle avait
froid. Moi, je voulais de nouveau sentir sur elle le
patchouli, vous comprenez ? Alors, je lui ai offert
une tasse de thé, pensant par la même occasion lui
prouver que je n'avais besoin de personne. Elle a
accepté après avoir fait semblant d'hésiter un peu.
En m'approchant d'elle, je l'avoue aujourd'hui,
j'ai pris une grande respiration. C'était bien du
patchouli.

« Elle s'est assise, nous avons surtout échangé
des niaiseries. Puis je lui ai demandé un coup de
main pour déplacer un meuble. Je voulais être à
côté d'elle un moment pour la sentir. J'étais un
animal en chaleur qui renifle un congénère. Quand
elle est partie — et elle ne s'est pas attardée cette
fois-là —, je lui ai serré le bras pour garder son
odeur sur ma main. »

Je peux dire la suite. Après, chaque fois que je
croisais Bérénice dans l'immeuble, il n'était question que du monsieur aveugle. Elle me demandait si
je l'avais vu, s'il se portait bien, s'il avait besoin de

quelque chose, tout était prétexte à mentionner son existence et le bien qu'elle lui faisait. « Hier, quand je suis rentrée de l'hôpital, j'étais très fatiguée, mais je n'ai pas pu m'empêcher d'aller frapper chez lui. On ne sait jamais, un aveugle qui vit seul, n'importe quoi pourrait lui arriver. Dans un immeuble comme le nôtre, personne ne lui porterait secours, évidemment... Il faut que quelqu'un s'occupe de lui. » Etc. Son dévouement était total.

« Elle me rendait souvent visite, et je me suis habitué. Lorsqu'elle repartait, je me sentais seul. J'étais seul et je la désirais. Je la désirais et je savais qu'elle répondrait.

« Après quelque temps, j'ai eu tellement envie d'elle que je ne pensais plus qu'à ça. Oh, je sais bien qu'elle n'est pas très jolie. On a beau être aveugle, il y a des choses qu'on voit tout de même. Sans même l'avoir touchée, je savais qu'elle avait un gros nez, de grosses fesses, des seins plats, peu de cheveux, qui étaient probablement gras. Rien de très attirant. Une fille qui s'occupe d'un aveugle parce qu'elle n'a rien à faire doit sûrement être laide comme un vieux torchon. Mais j'avais envie de son cul, vous comprenez ? L'embrocher comme il faut, me vider en elle, hurler de plaisir, n'importe quoi, juste une fois. Profiter de sa pitié minable. Lui faire l'amour ? Jamais ! Faire le mâle, oui. Je vous dis ça, ce n'est pas très élégant, mais comme nous sommes entre hommes...

« Ça s'est d'ailleurs à peu près passé comme ça. Il faisait printemps dehors, j'avais ouvert les fenêtres toutes grandes pour la première fois de l'année, j'étais bandé depuis quatre jours. Je voulais la chasser aussi, je me rappelle. Mon raisonnement se résumait à ceci : si elle répond à mes avances brutales, je me contenterai ; si elle se rebiffe, elle s'en ira. Dans un cas comme dans l'autre, je suis gagnant : j'aurai la paix.

« On se tutoyait, on se donnait du prénom, on se racontait des bouts de vie. Sans trop se compromettre, bien sûr ; après tout, nous n'étions que de bons voisins. Elle babillait depuis un moment, je ne disais rien, je ne pensais qu'à la façon de formuler mon désir de telle sorte qu'elle se déshabille ou parte pour toujours. Je voulais être brutal mais sans lui faire peur. J'en avais la bouche toute sèche. Elle parlait et je ne disais plus rien ; le disque de la cantatrice que j'avais mis en l'entendant frapper était fini, même le toucan ne faisait plus de bruit.

" À quoi tu penses ?, m'a-t-elle demandé tout à coup. On dirait que tu es triste. Tu ne te sens pas bien ? "

« Je me suis levé, je lui ai tendu la main, qu'elle a prise, et je l'ai fait avancer jusqu'à la table de la salle à manger.

" Qu'est-ce qu'il y a ? Tu veux me dire quelque chose ? C'est ça ? Ou tu veux qu'on aille se promener au parc Strathcona ? Tu veux qu'on aille écouter le chant des oiseaux ? Il fait si beau dehors...

— Non. Je ne veux pas aller me promener. Tu vois la table qui est là ? Elle est rivée au sol. C'est comme ça, parfois, les meubles d'aveugles. Depuis un bon moment, je ne pense qu'à une chose : que tu remontes ta jupe de cuir pour que je puisse t'épingler comme il faut, je veux seulement jouir en toi. Alors... "

« Alors, alors... je n'ai même pas pu terminer ma phrase. Vous savez ce qu'elle a fait ? Elle m'a gentiment repoussé pour me faire passer derrière elle, elle a remonté sa jupe de cuir en se couchant sur la table. Elle m'a seulement prié de ne pas être trop brutal en la pénétrant. " Sois gentil, hein ? " J'ai dû déchirer son slip, je ne me rappelle plus, en tout cas je l'ai montée comme j'en rêvais ! Sans la voir, sans entendre sa voix d'infirmière consolante. Ce ne fut pas très long, mais ce fut bon. Ce fut très bon ! Heureusement que la table était rivée au sol, c'est moi qui vous le dis !

« Elle m'a demandé si j'étais content. Sa voix humide encore. Elle rabaissait sa jupe, je m'étais éloigné d'elle. " Si tu veux, je peux repartir maintenant, vu que t'as fini ? " Elle ne disait plus rien, j'étais moi-même assez hébété. Au bout d'un long moment, je l'ai entendue qui reniflait. " Oui, c'est ça, va-t'en... " Comme un imbécile, j'ai ajouté : " Je suis un peu fatigué, justement... " Elle est sortie. Enfin !

« Pour ne rien vous cacher, je me sentais un peu gêné après. Il y avait de quoi. J'étais honteux de l'avoir presque violée et, en même temps, j'étais heureux comme je ne l'avais pas été depuis longtemps.

« Mais ensuite ? Allait-elle alerter la police ? Après tout, elle en avait le droit. Tant pis ! Et si elle revenait ? Tant pis ! Je ne voulais plus penser à rien. Juste dormir. Dormir. Ne plus penser à rien, ni à elle, ni à rien. Dormir.

« Elle s'est fait attendre trois jours. Je tremblais de peur quand je l'ai entendue frapper. Elle m'a vite rassuré.

" Tu avais envie de moi, l'autre jour. Tu as pris ton plaisir. Moi aussi, je suis seule, peut-être que je suis même plus seule que toi. On ne veut pas de toi parce que tu es aveugle ; moi, c'est parce que je suis moche. Mais j'aime le sexe, autant que toi... Je t'avoue que je venais ici avec l'espoir de coucher avec toi. Moi aussi, je veux prendre mon plaisir. Si tu veux bien, je te montrerai comment. Rends-moi service, c'est à ton tour, tu me dois bien ça. "

« Elle m'a montré comment, ce n'était pas difficile, elle savait ce qu'elle voulait. En me chevauchant, elle m'absolvait de mon manque de manières de la première fois. Après, je l'ai prise comme la fois d'avant, mais sans remords.

« Elle est revenue faire la même chose le lendemain, sauf qu'en sortant elle m'a demandé de l'embrasser. Elle avait la bouche fraîche, la bonne haleine des gens qui ne fument pas. Ce n'est pas comme moi.

« La fois suivante, elle a demandé qu'on se déshabille et qu'on se mette au lit. Elle trouvait le plancher dur et froid. La table allait se décoller du plancher si on continuait comme ça. Pourquoi pas ? Mais un soir, elle s'est endormie contre moi. Je l'ai réveillée pour qu'elle parte. Elle a commencé à pleurer. " J'aime rester avec toi, si tu savais... " Je lui ai répondu qu'il fallait que je dorme seul. " De plus, tu travailles demain. C'est dur, tu sais, dormir avec quelqu'un qu'on ne connaît pas beaucoup. Ça vaudra mieux pour toi : tu seras moins fatiguée au travail demain... " Elle m'a traité de menteur, et elle a gueulé que, dans le fond, je ne cherchais qu'à me débarrasser d'elle, maintenant que j'avais eu ce que je voulais. Elle avait raison.

« Comme je ne la contredisais pas, croyant avoir assez menti comme cela, elle est partie enragée, elle a même claqué les portes, la mienne et la sienne. Vous, le concierge, vous avez dû recevoir une plainte de l'étudiant qui habite au-dessous. Elle n'est pas revenue.

« Pas tout de suite, je veux dire. Au début, j'étais soulagé. Toute cette histoire avait assez duré, je ne tenais pas du tout à elle. Mais, tout à coup, je me suis mis à m'ennuyer. Des fois, je sortais dans le couloir pour respirer son odeur, mon patchouli.

« Bientôt, je me suis surpris à vouloir la croiser de nouveau, lui dire quelques mots, entendre sa voix, n'importe quoi. Elle avait brisé ma solitude, et depuis son départ, causé par ma faute, il y avait un trou qui ne cessait de grandir en moi. Un jour, vous vous souvenez, je vous ai demandé de ses nouvelles. Non ? Vous ne vous rappelez pas ? Moi, si. J'ai pensé à lui téléphoner, lui demander pardon, l'inviter à dîner, j'ai échafaudé trente plans de réconciliation, qui, après coup, m'ont tous paru aussi absurdes les uns que les autres puisque j'étais content de la savoir hors de ma vie. Cependant, je m'étais habitué à elle malgré moi. Il me fallait quelqu'un, faire quelque chose, n'importe quoi...

« C'est elle qui est revenue. Pour me demander pardon de m'avoir mis de mauvaise humeur... Nous n'avons pas couché ensemble cette fois-là, c'était strictement une visite de réconciliation. En sortant, elle a promis de ne pas s'imposer à moi à l'avenir. Elle désirait juste être mon amie, a-t-elle dit. J'ai pardonné tout ce qu'on voulait. J'étais si heureux de la savoir de retour dans ma vie, j'avais tout le mal du monde à contenir ma joie. Je l'ai invitée à revenir n'importe quand.

« Elle a tardé à revenir. Là, mon vieux, j'ai failli en perdre la boule, je vous jure. Je voulais qu'elle revienne et qu'elle me fasse l'amour, je voulais lui faire l'amour, moi aussi. Je n'en mangeais plus, je n'en dormais plus, je n'écoutais plus de musique, même les visites de ma fille et de ma petite-fille ne m'amusaient plus. Je voulais seulement qu'elle revienne. Rien qu'une fois.

« C'est moi qui l'ai réinvitée. Je lui ai dit qu'elle pouvait dormir chez moi si elle le désirait. Elle m'a fait attendre encore deux jours. J'ai pleuré comme un imbécile après avoir couché avec elle, c'est moi qui me suis endormi contre elle. Elle est restée toute la nuit.

« Vous savez la suite. Elle venait tous les jours et restait toutes les nuits. Là aussi, je me suis habitué. C'était même bien. Au début, je lui faisais la cuisine, pour rester indépendant et lui prouver que je pouvais fort bien vivre seul. Mais mon répertoire est limité, et ce n'était pas toujours très bon. Elle s'est mise à me faire la cuisine. C'est une excellente cuisinière, végétarienne, mais on mangeait rudement bien, vous savez ? Puis, elle s'est mise à faire le ménage. Que voulez-vous ? Je ne vois pas

toute la poussière, il y avait des coins de l'appartement où je n'allais pas souvent. Est-ce qu'il faut
vous faire un dessin pour le reste ? »

Non, ce n'était pas la peine. Elle est descendue
un matin me dire que le propriétaire exploiteur
allait perdre une victime de plus. Elle emménageait
chez le monsieur aveugle qui avait besoin qu'on
s'occupe de lui. Son appartement à elle serait libre
à la fin du mois.

Le reste de l'histoire, il l'a raconté au juge. J'ai assisté au procès.

« Madame la juge, j'ai plaidé coupable, il est vrai, mais je tiens à expliquer ce que je considère comme étant des circonstances atténuantes. Je n'en ai pas pour longtemps.

« La victime et moi vivions ensemble depuis trois mois. Au début, nous étions comme de jeunes mariés. Elle accomplissait toutes mes fantaisies et moi j'accomplissais les siennes. Je me demandais pourquoi j'avais attendu si longtemps pour me remettre à la vie commune.

« Cela n'a pas duré. C'est toujours comme ça, vous en savez peut-être quelque chose. D'abord, il y a eu mon toucan, Frouteloupé. Elle disait qu'il sentait mauvais et qu'il est criminel de garder un oiseau exotique dans un appartement en ville, qu'il fallait le renvoyer à sa jungle natale. Je n'étais pas d'accord, naturellement, cet oiseau-là était né en captivité, il n'avait connu que la cage et les villes froides du Canada. Il mourrait sûrement si on le renvoyait là-bas. Un matin, le toucan n'y était plus. Elle m'a dit qu'elle était allergique à la bête et qu'elle l'avait donnée à la Société protectrice des animaux pour qu'on lui trouve un autre foyer. Je ne l'ai pas crue. Ce fut notre première scène de ménage.

« Ensuite, elle m'a demandé, gentiment il est vrai, de fumer ma pipe dehors. Elle disait que ça sentait mauvais, ça aussi. Graduellement, mes pipes se sont mises à disparaître. Elle voulait me faire cesser de fumer. Elle disait que c'était mauvais pour la santé. Surtout pour la sienne. Elle revenait sur ce sujet tous les jours. Finalement, j'ai promis de ne plus fumer à la maison, même sur le balcon. Sans pipe et sans tabac, c'était dur. C'est comme ça que j'ai fait la connaissance du concierge ici présent, qui me fournissait secrètement en tabac et en pipes, que je cachais chez lui. Il me fournissait aussi en rince-bouche et en bonbons à la menthe, ce qui était un peu puéril, j'en conviens.

« Le pire, ce fut pour ma fille. Mes amis, passe encore, ils ne l'aimaient pas, elle. Je pensais qu'elle finirait par les remplacer tous. Mais ma fille et ma petite-fille, ce n'était pas pareil. Elles avaient disparu comme par enchantement. Là, j'ai mis le poing sur la table, et je l'ai sommée de me dire ce qui se passait, j'étais inquiet.

" Rien. Il ne se passe rien. C'est ta fille qui est jalouse de moi. Elle ne venait presque jamais te voir, de toute façon. Et il est bon que les enfants finissent par voler de leurs propres ailes. Comme ça, elle ne te quêterera plus de l'argent pour ses petites folies. "

« Deuxième scène. J'ai appelé ma fille, qui m'a dit que je pouvais aller chez elle quand je le voudrais, mais elle refusait de revoir Bérénice. J'ai voulu y aller. Troisième scène. J'ai temporisé, pensant qu'elle finirait par changer d'avis. Je me trompais.

« Après, les meubles. Elle-même n'avait à peu près rien quand elle s'est installée chez moi. À tout bout de champ, elle changeait les meubles de place sans me prévenir. Je me suis blessé deux fois en m'assoyant là où il n'y avait plus de chaise. Je lui demandais des comptes à ce sujet, sans ménagement. Elle répondait qu'il était plus logique que tel bahut soit dans telle chambre, et que je n'avais pas à me plaindre puisqu'elle m'avait prévenu du changement et même demandé mon avis. C'était faux. Quatrième, cinquième, sixième scène, et ainsi de suite. Je n'étais plus chez moi.

« Le bouquet ? Plus de rapports intimes ! Rien. Plus rien. Tout à coup, ça ne l'intéressait plus. Elle ne sentait même plus le patchouli, elle disait que la bouteille était vide et qu'elle préférait la lavande de Florence, de toute façon. Pourtant, j'étais gentil avec elle. Je lui disais qu'elle était belle, par exemple. Elle ne voulait rien savoir. Et quand nous nous unissions, il fallait que l'initiative vienne d'elle. Elle était la maîtresse. Je regrette d'avoir à étaler tout cela devant vous, madame la juge, mais j'ai juré tout à l'heure de dire la vérité, toute la vérité.

« J'ai plaidé coupable, Votre Seigneurie. Je m'accuse surtout de m'être fait son complice en ne disant rien. En dissimulant l'irritation qu'elle me causait. En subissant, comme une victime, comme un homme qui se laisse faire, et qui espère, comme un pauvre type qui se raconte des histoires. Je m'étais fait avoir comme un enfant d'école. Si j'avais gardé avec elle ma franchise du début, nous ne serions pas ici aujourd'hui à vous raconter nos malheurs. Voilà. »

La juge lui a aimablement demandé de s'en tenir aux détails de l'incident, car c'était sur cela qu'elle fonderait sa décision, et non sur la qualité des rapports qu'il entretenait avec la victime.

« J'achève. Nous étions allés nous promener au parc Strathcona. C'était la fin de l'été, les grandes chaleurs étaient passées, il faisait bon. Il y avait longtemps que j'étais sorti, parce qu'elle ne m'emmenait plus en promenade, figurez-vous : elle disait qu'elle n'en avait pas le temps. Il y avait ce jour-là les préparatifs du match de base-ball qui oppose chaque année les Gais aux Lesbiennes d'Ottawa, un match tout ce qu'il y a de plus amical. Du temps où j'y voyais, il m'arrivait d'y assister. Nous étions assis sur un banc face à la rivière, et j'entendais les Lesbiennes qui s'entraînaient. Leurs rires, leurs plaisanteries faisaient plaisir à entendre. Pour une fois, j'étais d'excellente humeur.

« Bérénice était assise à côté de moi. Tout à coup, pour rien, comme ça, je lui ai demandé si les base-balleuses derrière moi étaient jolies. " Elles ont l'air de s'amuser beaucoup ; elles doivent être gentilles, elles doivent être jolies aussi. " Elle s'est tournée vers moi et elle a dit : " Non, elles sont laides. En plus, ce sont des lesbiennes. " Je ne sais pas pourquoi, mais sa dureté m'a crevé le cœur. Un moment, j'ai eu envie de pleurer.

« Il y a eu un silence très long. Elle m'a alors demandé s'il me restait des rêves dans la vie. Elle voulait surtout savoir si je n'en avais pas assez de ma

petite vie confortable et sans histoire. Je ne désire
rien, lui ai-je répondu. Elle a ri par mépris.

"Moi, j'ai des rêves. Je ne t'en ai pas encore
parlé, mais je compte me présenter aux élections du
syndicat des infirmières, le mois prochain. Avant, je
ne voulais rien savoir de ce genre d'activité. Toutes
des emmerdeuses qui ne pensent qu'à leurs petits
griefs, à leurs minables augmentations de salaire,
qui laissent tomber leur engagement dès qu'elles se
mettent à pondre. Mais j'ai changé d'avis. J'ai un
plan.

"Je me porte candidate à la présidence du syndicat de l'hôpital. Ce sera facile. Je parle bien, tout
le monde le sait, et j'écris bien, tout le monde le dit.
On me respecte déjà. Je suis élue, et de là, je me
présente l'an prochain à la présidence du syndicat
provincial. Encore un an, et je serai vice-présidente
de l'Association nationale des infirmières, peut-être
même présidente. Je gagnerai trois fois plus que ce
qu'on me donne maintenant. Avec le loyer sur
lequel j'économise déjà, je pourrai en mettre un
sacré paquet à la banque. Je m'accorde cinq ans
pour acheter l'immeuble où on habite, et je te jure
que je foutrai à la porte l'imbécile qui se prend pour
un concierge !

"Toi, tu as des économies, une pension, tu
pourrais m'avancer de l'argent pour faire de la spé-
culation immobilière dans le quartier. Tout le
monde le fait, alors pourquoi pas nous ? Mais pas
pour nous enrichir ! Non. Pour partir ! Dans cinq
ou six ans, quand on aura revendu nos propriétés,
quand on aura ramassé le magot, on s'en ira d'ici.

Pays de merde ! Où il fait toujours trop chaud ou trop froid. Je sais où on ira. En Haïti ! On sera bien là-bas, tu verras. On aura une maison au bord de la mer et des serviteurs qui ne nous coûteront presque rien. Tu pourras écrire sur la plage, écouter de la musique. Moi, j'ouvrirai un petit hôpital pour les pauvres. Je me ferai subventionner par une organisation internationale. J'aime bien les Noirs. Ce ne sont pas des gens comme nous, tu sais ? Il faut les comprendre. Quand on les comprend et qu'on les aide, ils nous aiment à la folie. Tu verras : là-bas, on vivra comme des dieux ! "

« Son babillage devenait de plus en plus indistinct. Elle ne me parlait plus, elle jonglait avec ses rêves. Je me suis levé. J'avais ce jour-là ma canne écossaise, qui est en chêne avec un pommeau en ivoire et un bout ferré. J'ai pris mon élan et j'ai frappé, de toutes mes forces ! Tellement que j'ai failli en perdre l'équilibre ! Mais j'ai manqué mon coup. C'était la tête que je visais. Elle avait dû s'esquiver.

« Elle s'est mise à hurler ! " Mais qu'est-ce qui te prend ? T'es fou ? " Je me suis ressayé, mais j'ai encore raté mon coup. Elle bougeait trop, j'avais du mal à me régler sur sa voix. À la troisième tentative, le bout ferré l'a atteinte à la bouche. Ça a fait ploc ! Elle a crié à tue-tête, elle ne bougeait plus. J'allais l'achever, j'en étais sûr.

« Des mains m'ont empoigné. On criait : " Encore un homme qui bat sa femme ! Ôtez-lui sa canne, il va la tuer ! " C'étaient les base-balleuses, elles étaient quatre à me tenir, furieuses avec ça. Il y en avait d'autres qui s'occupaient de Bérénice, on avait alerté la police. Soudain, Bérénice a crié : "Mais lâchez-le, c'est mon homme, lâchez-le ! Salopes ! Il n'a rien fait de mal ! " Elle griffait ses rédemptrices et leur hurlait des injures. Ça criait beaucoup. Moi, je me suis senti mal. Je voulais ravoir ma canne.

« Des agents de police en voiture sont intervenus. Ils ont d'abord embarqué Bérénice pour l'emmener à l'hôpital, parce qu'elle devait saigner, mais aussi parce qu'elle cherchait à arracher les yeux de ses sauveteuses. Les agents l'ont prise pour l'instigatrice du désordre. Les jeunes femmes ont hurlé que c'était moi qu'il fallait emmener, elles disaient qu'elles témoigneraient contre moi. Les agents m'ont menotté, je n'ai pas opposé la moindre résistance. Au poste, ce sont les jeunes femmes qui ont porté plainte à la place de Bérénice. Le soir même, Bérénice est venue au poste pour me faire sortir de prison. Elle gueulait que c'était elle qu'on avait battue, et qu'elle seule avait le droit de porter plainte. Le policier lui a expliqué que ça ne marchait plus comme ça. Il s'est fatigué de l'entendre, il l'a expulsée. Moi, seul dans ma cellule, j'ai dormi comme un bienheureux.

« Le lendemain, devant le juge de paix, j'ai plaidé coupable et j'ai demandé qu'on me mette en prison. C'était un homme consciencieux, le juge de paix. Il a répondu que l'affaire était trop grave et qu'il ne pouvait accueillir mon plaidoyer de culpabilité, qu'il déférait l'affaire à la Cour supérieure. Ce qui explique pourquoi nous sommes devant vous,

Votre Seigneurie. Bérénice était là, devant le juge de paix, elle a voulu faire retirer la plainte, elle a trépigné, finalement le juge l'a fait expulser. Encore aujourd'hui, elle a fait un scandale pour obtenir ma libération. Heureusement que vous êtes intervenue.

« Alors, voici. Comme je l'ai dit, je plaide coupable car c'est bien moi qui ai frappé la victime à la bouche avec ma canne. Il est vrai, comme a dit le témoin tout à l'heure, que j'ai même cherché à la tuer. Le procureur de la Couronne a raison d'ajouter qu'il faut faire un exemple car il y a trop de femmes battues dans notre société. Et vous faites bien de ne pas croire Mlle Bérénice, qui vous a dit que c'était une simple querelle d'amoureux qui ne regarde pas la justice. Elle mentait.

« Il y a donc eu délit, il doit y avoir châtiment. Vous avez, Votre Seigneurie, le devoir de me punir car la société réprime comme il se doit la violence que l'homme commet envers la femme. Je me plie à cette obligation de bonne grâce, d'autant qu'elle favorise mon éloignement de cette femme, que je n'aime pas. J'ai déjà passé deux jours en prison, je ne dirais pas que c'est le grand confort, mais j'avais là au moins la certitude de lui échapper. Il serait bon que cet éloignement se prolonge quelque temps pour lui donner le loisir de quitter mon domicile à jamais. Si cela peut aggraver mon délit, j'ajouterai en terminant que je ne ressens pas le moindre repentir envers la victime. Je regrette seulement d'avoir offensé la société. J'attends votre sentence. Merci. »

Il avait été parfait. Sa correction et son bon sens ne faisaient aucun doute dans l'esprit de l'auditoire tout de même étonné. La magistrate l'écoutait, impassible, le regard intelligent et beau. Elle a rendu son verdict et la sentence sans attendre. « Au suivant ! »

Le soir où la sentence a été rendue, Bérénice est entrée chez moi comme on entre chez un confident, sans frapper. Elle pleurait, elle avait la mâchoire encore tout amochée, elle disait qu'elle n'avait nulle part où aller ; elle était seule au monde, on lui avait volé ses rêves, et je ne sais plus quoi d'autre.

J'ai alors eu une rechute dans mon passé pas tout à fait mort. Parce que, quand je l'ai vue avec son visage défait, ses larmes, la pauvre niaiseuse dans sa petite robe de coton, j'ai eu pitié et envie d'elle. Pour faire semblant de la consoler, je l'ai prise dans mes bras. Elle s'est laissé faire. J'ai profité d'un accès de larmes pour l'embrasser dans le cou. Elle s'est laissé faire. Comme elle ne s'éloignait pas de moi, j'ai baisé longuement sa joue en prenant soin de ne pas toucher sa blessure. Elle s'est laissé faire. Elle m'a emmené dans ma chambre.

Je n'ai pas couché avec elle très souvent, une dizaine de fois peut-être. Le temps où le monsieur aveugle était absent. Quand elle a cessé de faire pitié et qu'elle s'est mise à parler de vie commune, mon désir pour elle s'est éteint net. J'ai eu toutes les peines du monde à m'en débarrasser. Elle m'a traité de vieille mitaine lorsque j'ai prétexté que le propriétaire m'interdisait de partager mon appartement avec qui que ce soit.

Pour avoir la paix, j'ai achevé de repeindre son appartement resté vacant tout l'été et je le lui ai redonné avec un mois de loyer gratuit. Elle n'a pas refusé. Depuis ce temps-là, elle m'adresse à peine la parole, ce qui est toujours ça de pris.

Bérénice et le monsieur aveugle se croisent parfois dans l'escalier. Elle fait semblant de ne pas le voir. Elle a quitté l'hôpital, elle est aujourd'hui infirmière visiteuse. Elle a un nouvel ami. Quelqu'un de très bien. Il est physicien et fait de la recherche. Paraplégique. Elle l'a connu dans l'exercice de ses nouvelles fonctions. Elle compte se marier bientôt, dit-elle.

Lui, il s'en est bien tiré. Une amende, des dommages-intérêts, un petit casier judiciaire, dix jours d'observation psychiatrique à l'Hôpital royal d'Ottawa. On ne met pas un aveugle en prison. Je suis allé le voir à l'hôpital quelques fois. Ce qui ne me plaisait pas tellement, je le précise, car cela me rappelait de mauvais souvenirs, l'époque où Zorah a dû me faire interner. Je lui apportais des fruits confits, je lui communiquais des nouvelles de Bérénice quand il m'en demandait. Au début de la période d'observation, il n'était pas content. Heureusement, le médecin lui a vite donné son congé. La dernière fois que je lui ai rendu visite, il jouait aux échecs avec son voisin, un schizophrène sympathique. Je l'ai emmené dehors faire un bout de promenade. Il m'a avoué que Bérénice lui manquerait malgré tout, mais qu'il n'avait pas eu le choix. Il a pris soin de conclure : « Demain, je serai libre. »

MARQUIS

Je sais ce que vous pensez : vous croyez que je juge durement cette pauvre innocente de Bérénice. Vous vous trompez. Ce qui se passe, c'est que ma mutation, façon écureuil noir à l'accent rat, m'a donné une lucidité que je n'avais jamais connue auparavant. Je suis désormais capable d'avouer l'inavouable, et j'ai découvert que la vérité est bien plus drôle que le mensonge. Si vous ne me croyez pas, essayez au moins une fois dans votre vie de divorcer d'avec vous-même, vous verrez qu'on arrive à dire des choses étonnantes sur soi. Ça en vaut la peine. Mais n'essayez pas tous en même temps, la capitale serait tout de suite infestée d'écureuils noirs. Un à la fois, et ne poussez pas, s'il vous plaît, j'étais là le premier.

Tenez, je peux maintenant dire à voix haute des choses comme ceci : l'inconvénient, depuis que mon père est ressuscité, c'est que je ne vais plus à l'hôpital Saint-Vincent. Cela m'embête beaucoup parce que je n'ai plus l'occasion, comme avant, de croiser Maud Gallant dans la rue. C'est le nom de la femme qui loue la maison que je possède dans le coin.

J'ignore si elle se rend compte qu'elle me plaît, et j'ignore encore plus si je lui fais le moindre effet. C'est un de ces moments de ma vie où j'aimerais qu'on lise dans mes pensées, mais il paraît que c'est impossible. Zorah elle-même se plaignait de ne jamais savoir ce que je pensais.

Quand je veillais mon père, il m'arrivait de rencontrer Maud tôt le matin en sortant de l'hôpital. La conversation s'engageait et, tout naturellement, je lui proposais de l'accompagner jusqu'au Parlement, histoire pour moi de prendre l'air. Une fois, je me rappelle, il pleuvait à boire debout et il me fallait parler fort parce que son parapluie bloquait ma voix. J'étais si content de marcher avec elle que je devais faire de gros efforts pour dissimuler ma joie ; après tout, je veillais mon père mourant. Je l'ai quittée au pied de la tour de la Paix et j'ai ensuite fait le chemin inverse pour aller récupérer ma voiture à l'hôpital. Après, j'ai toujours pris un parapluie, au cas où.

J'ai songé à profiter de mon statut de propriétaire pour lui rendre visite : une petite réparation à effectuer, un papier à lui faire signer... un prétexte est si vite trouvé. Mais cette manœuvre manquerait de franchise, et comme je ne mens plus à personne, même pas à moi, cette voie m'est fermée. Les jours de désespoir, je me dis que Dieu, dans sa bonté, renverra mon père à l'hôpital Saint-Vincent.

Dieu est bon. Hier, c'est elle qui m'a téléphoné pour me dire que j'avais reçu une lettre. Vingt

minutes plus tard, je sonnais à sa porte, complètement essoufflé. Elle s'est excusée de me recevoir
en salopette, elle décapait un meuble. (Même habil-
lée comme une pauvresse, cette femme-là séduirait
un ermite. Je ne le lui ai pas dit, évidemment.)
Elle m'a tendu une lettre qui aurait valu très
cher pour moi autrefois. L'enveloppe portait le logo
de l'Association des anciens combattants canadiens
du Viêt-nam. Des nouvelles de Pierre Marquis, sans
doute.

Maud m'a laissé seul dans le salon pour lire la
lettre. On y disait seulement qu'un des membres de
l'association répondait bel et bien au nom de Pete
Marquee et qu'il était domicilié à Mariposa, en
Ontario ; on me donnait son adresse pour que je
puisse entrer en rapport avec lui, on me priait
d'agréer, etc.

Je suis resté longtemps dans le salon en me
demandant si j'aurais un jour le courage de raconter
à Maud mon amitié avec Pierre Marquis. Ce serait
un gros risque à prendre, peut-être ne voudrait-elle
plus me voir après.

« Tiens, vous êtes encore là ? Je vous croyais
parti... » J'ai regardé ma montre : j'étais là depuis
une heure. (Je ne lui ai pas avoué sur le coup que
j'avais fait exprès de rester là longtemps pour qu'elle
me demande ce qui n'allait pas, ce qui me donnerait
l'occasion de m'ouvrir à elle ; ainsi, elle pourrait
mieux me juger, et puis qui sait si alors... Donc, je
me prêtais à une sorte d'épreuve, et si, après m'avoir
entendu, elle continuait de me témoigner de
l'amitié, on pourrait passer à une autre étape.)
Elle m'a écouté.

J'ai d'abord voulu expliquer à Maud que l'esthétique est une dimension capitale de la conscience coupable occidentale, et que cette esthétique est d'essence narcissique.

« Quoi ? Je te demande pardon (on se tutoie depuis ce jour-là), mais moi, je suis musicienne, et la philosophie, j'aime bien, mais il faut qu'on m'explique...

« Pardon, je recommence... »

Certains aiment l'odeur de la pauvreté qu'ils soulagent. D'autres aiment la vue du sang sur la bouche des femmes martyrisées. Il y en a qui préfèrent les masses noires en révolte. On peut aimer les barricades, les maisons fortifiées, les chaînes humaines, les veuves et les mères indignées, les terroristes en tenue léopard, les discours rancuniers, la misère qui dit non, les enfants atteints de leucémie, les vieillards qui crèvent de solitude. Il y en a pour tous les goûts. Tout est fonction de la sensibilité individuelle.

L'éthique de la conscience coupable naît de cette esthétique. Je me rappelle, en voyage au Mexique, un compatriote dans l'autobus commentait la vue d'un paysan qui suait comme un bœuf derrière sa charrue primitive : « Mon Dieu que c'est beau ! C'est tellement beau ! Voir ça, c'est pacifiant ! Ces gens-là doivent être bien plus heureux que nous autres. Je suis certain qu'ils n'échangeraient pas leur vie contre la nôtre, avec notre air conditionné, nos voitures, nos maisons. Non, cet homme-là est heureux, ça paraît... » Qu'on ne s'indigne pas de sa naïveté de citadin en mal d'opinion intelligente, car la misère a un cachet certain pour les non-initiés.

Toutefois, la beauté qu'on trouve à la souffrance ne prend vraiment son sens et son énergie que dans le rôle qu'on s'y attribue. Ce qui flatte le plus notre sensibilité, c'est l'image que nous avons de nous-mêmes dans le soulagement de la souffrance. S'imaginant soulever les masses exploitées par le seul effet de sa plume, Jean-Paul Sartre devait se voir beau, sa taie à l'œil s'effaçait peut-être. Rien d'étonnant, donc, à ce qu'il ait dit tant de niaiseries sur Billancourt, où il ne devait pas aller souvent. Je lui préfère le dandy Proust qui avouait l'ennui que lui inspirait l'évocation des ouvriers défilant dans la rue. Ou Genet qui ne craignait pas de dire que sa solidarité avec la cause palestinienne lui venait de ses conquêtes homosexuelles. Les préférences éthiques se résument à des considérations esthétiques. Toujours.

Donc, ce qu'on l'on aime le plus dans une cause sacrée ou un combat quelconque, c'est l'image de soi arrivant à la rescousse. On veut être sainte Véronique essuyant le visage douloureux du Christ. C'est ce moment de sainteté, c'est la lueur admirative apparaissant dans le regard d'autrui, qui explique le médecin plaquant le luxe de sa clinique privée pour les marais. On est beau, non seulement pour celui qu'on sauve, mais surtout, et c'est peut-être le plus important, pour ceux qui nous regardent.

Il y a un autre volet à cette esthétique. C'est l'habillement qu'on lui prête ou, si l'on veut, le langage qu'on lui donne. Ce que d'autres appellent à raison une idéologie. Sartre a dit sur son engagement les plus beaux faux-fuyants. Le désintéressement a mille faux noms. Moins par hypocrisie que par nécessité esthétique. En effet, on n'imagine pas Sartre déclarant : « Écoutez. Moi, si je veux venir en aide à Billancourt et à la Grèce persécutée, c'est parce que c'est le meilleur moyen que j'ai trouvé pour coucher avec le plus de femmes possible dans mon vieil âge. Voilà. » On aurait hurlé au mauvais goût.

Justement, il ne s'agit que de cela : de goût. Si on s'engage dans une cause essentiellement pour paraître ou plaire, il importe d'autant de faire le désintéressé et de s'envelopper dans un langage qui aura également pour effet d'attirer d'autres naïfs, qui, tous, s'imagineront être les seuls à éprouver des désirs douteux dans leur engagement et contribueront à la surenchère du désintéressement. L'esthétique de la conscience coupable se nourrit d'ailleurs du langage mensonger qu'elle suscite. Voilà pourquoi la franchise d'un Genet est si excentrique et la ratiocination d'un Sartre, si indigente.

Maud m'a interrompu.

« Écoute, si tu veux qu'on cause encore long-temps, aussi bien que tu restes à souper. On mange des spaghettis à l'huile et à l'ail ce soir. Ça te tente ? »

J'ai dit oui, et je ne lui ai même pas demandé pardon de m'imposer de la sorte. Nous sommes allés chercher sa petite à la garderie et nous avons continué de jaser en préparant le souper. La petite s'appelle Clio ; elle est drôle avec ses questions.

« C'est toi, Calvin ? Ma mère dit que t'es gentil. Veux-tu être mon papa ?

« Seulement si ta mère veut...

« Elle va vouloir. Hein, maman ? »

Quand la petite a été couchée, j'ai continué mon histoire de Marquis.

La première image de douleur que j'ai aimée était celle d'un camarade de l'école primaire qui s'appelait Pierre Marquis. Dans sa famille, on l'appelait Pierrot ; à l'école, où l'anglais était la seule langue admise, on l'appelait Pete tout court. Il était le souffre-douleur de la classe. Bien sûr, il était métis et d'origine française, et pour beaucoup c'étaient des motifs suffisants pour lui chercher querelle, ou à tout le moins pour l'insulter : « Maudit Français ! Tapette ! Homo ! Enfant de chienne ! Trou-du-cul ! Ta mère est une pute ! Ton père, c'est un Indien paresseux ! Tu vaux rien, tu pètes, tu pues, t'as chié dans tes culottes ! » Il n'y avait rien qu'on ne lui disait pas.

Il se faisait battre à peu près tous les jours. À la récréation, en classe, après l'école ; la fin de semaine aussi, même l'été lorsqu'il n'y avait pas d'école. À la récré, certains faisaient semblant d'avoir été bousculés par lui. « Hé, Marquis, tu m'as poussé ! Cochon ! Viens te battre, chien sale ! » Si Marquis faisait mine de lever les poings, ça criait, ça hurlait autour de lui. Il perdait tout le temps. S'il affrontait un des grands de la classe, il se laissait tomber au premier coup. Parfois, la cloche le sauvait ; d'autres fois, c'était le professeur qui surveillait la cour.

En classe, c'était pareil. Il n'avait qu'à dire un mot de travers, tenter d'exister une seconde, on le poussait, on crachait sur lui, on déchirait son devoir, n'importe quoi. Au moins une fois par semaine, quelqu'un l'attendait à la sortie ou à la rentrée pour le martyriser.

Tous les élèves vénéraient le vendredi. Sauf Pierrot. C'était le jour qu'on préférait pour le battre. Souvent, ils se mettaient à cinq ou six : deux le tenaient, trois ou quatre le frappaient. D'autres faisaient cercle autour des bourreaux et hurlaient pour les encourager. « Marquis ! Il sait même pas se battre !» Le pauvre gars n'avait aucune chance de s'en tirer. S'il avait le malheur de se défendre avec l'un, un autre prenait le relais, avec deux fois plus de férocité. « Écœurant ! T'as fait mal à mon ami ! Là, tu vas l'avoir !» Pierrot avait beau être inventif et trouver des moyens de sortir après les autres, ou de se faire accompagner par le principal à la sortie, il mangeait au moins une volée par mois.

C'était un rite initiatique que de s'être battu avec Pete Marquis. Une marque de virilité, de courage. Les seuls qui ne lui cherchaient pas querelle étaient ceux qui l'avaient battu une ou deux fois et qui se dégoûtaient de ces victoires trop faciles. Ou il y avait ceux qui, comme moi, ne lui voulaient aucun mal. Il restait tous les autres.

Je me souviens entre autres d'un gars qui s'appelait Charles Traversy, qu'on appelait Charlie, le plus petit de la classe après moi. Nous étions en huitième année, la dernière du cycle primaire. Lui aussi voulait montrer qu'il était un dur. Il tournait autour de Marquis à la récré et le harcelait en classe. « Hé, Marquis, veux-tu te battre ? Viens t'en ! J'ai pas peur de toi, homo ! » Évidemment, il ne le provoquait que lorsqu'il était bien sûr d'être entouré de plus grands que lui. Je détestais Charlie pour m'en confesser.

C'était l'époque où mon père nous avait mis à l'école publique de la ville pour nous faire connaître le vrai monde. « Vous ne me reprocherez pas plus tard de vous avoir élevés dans la ouate. Il faut que vous connaissiez les gens qui travailleront peut-être pour vous plus tard. » Dans son esprit, j'étais en quelque sorte à l'école des maîtres. Étant fils de père connu, on me laissait tranquille. Mais si j'avais été pauvre et seul, il aurait fallu que j'apprenne à me bagarrer comme les autres. Le pacifisme est un luxe.

Quand on battait Pierre Marquis, je faisais cercle avec les autres. Je ne criais pas, je ne disais rien, je le prenais en pitié. Ces scènes me fendaient le cœur, et je l'aimais d'autant.

Dans ma tête, je l'appelais Pierrot. J'avais un jour entendu sa mère et sa sœur l'interpeller ainsi. Pierrot. Je savourais la sonorité du nom, et j'adorais le lire dans les rares contes français qu'on trouvait dans la bibliothèque de mon père. Le Pierrot de mes livres était toujours malchanceux en amour ou dans ses aventures : un beau perdant au visage pâle et tragique. Comme le vrai Pierrot Marquis. Bien sûr, je ne l'aurais jamais appelé Pierrot devant les autres, je l'appelais Pete ou Marquis comme tout le monde ; autrement, on m'aurait accusé d'aimer les Français, perversion qui se payait chèrement à cette époque dans certaines localités, tout comme maintenant, d'ailleurs.

Je le trouvais beau, sans savoir pourquoi. Il avait les traits réguliers, les lèvres épaisses, les cheveux cendrés avec la raie à gauche ; rien de remarquable chez lui, cependant. Mais il était beau lorsqu'il souffrait, lorsque son sang coulait, lorsque son visage suait de peur ou grimaçait de douleur. Dans ces moments-là, je l'aurais serré contre mon cœur. Autre pensée inavouable dans ce petit monde de garçons violents.

C'était l'époque où mon imaginaire coupable avait entrepris son œuvre réparatrice. Je ne rêvais qu'en couleurs. (J'ajoute que j'ai été pendant toute ma vie ancienne habité de cet optimisme roboratif qui marque les culpabilisés de la conscience.) Dans ma tête, je me faisais assez gros pour intimider tous les lâches de l'école qui battaient Pierrot ; je me levais pendant la classe et je disais : « Hé, ça suffit, laissez-le tranquille ! Le prochain qui essaie de le toucher aura affaire à moi ! » On me considérait avec crainte et admiration. Lui, Pierrot, il me regardait avec reconnaissance, avec amour, comme un saint, un héros. À la récré, j'apostrophais toute la cour de la même façon. On imitait mon exemple partout dans l'école, et plus jamais un faible ne se faisait battre par un plus fort. J'avais amené la paix.

De mes rêves, je faisais des résolutions. Je voulais m'entraîner sur des haltères, courir au moins trois kilomètres par jour, pratiquer tous les sports virils. Je deviendrais très fort, plus fort en tout cas que Charlie, et un beau jour, quand il provoquerait

Pierrot en duel, je lui flanquerais la volée de sa vie. Tout le monde penserait que ce serait une histoire entre lui et moi, mais je dirais à Pierrot, rien qu'à lui, que je m'étais porté à sa défense. Il m'en serait reconnaissant jusqu'à la fin de ses jours. C'était un beau plan. Du moins, il était réalisable.

Ça ne se passait pas toujours comme prévu. J'oubliais vite de lever mes haltères, je me tordais une cheville et je prenais tout le temps qu'il fallait pour la laisser guérir. De mon apathie, de ma lâcheté naissait un sentiment de culpabilité encore plus fort. Mes rêvasseries recommençaient...

Maud sait écouter.

« Je gage que si tu me parles en français aujour-
d'hui, c'est grâce à Pierrot Marquis ?

— Oui. Tout à fait. Je voulais devenir son ami.
J'aurais appris le turc et le polonais en même temps
s'il l'avait fallu.

— Continue. Je veux savoir la fin.

— Il est tard. Si tu veux...

— Tu as raison. Le matin arrive tôt quand on
travaille. Mais reviens souper samedi. Tu me diras
le reste. »

Vous pensez bien qu'elle n'a pas eu besoin de
me le répéter.

À l'école, Pierrot refusait de parler français lors
des rares leçons que nous infligeait une vieille dame
nulle : une Écossaise, Mme MacGregor, qui avait eu
le bonheur d'aller en France une fois dans sa jeunesse et d'y manger des croissants au petit déjeuner.
C'était d'ailleurs tout ce qu'elle savait de la civi-
lisation française, plus une quarantaine de mots et
une dizaine de phrases toutes faites qu'on apprend
dans les manuels. *Mon chat est malade. Je dois aller
chez le vétérinaire. Mon frère est comptable. Il travaille
dans le bureau de mon oncle.* J'en oublie.

Ses cours commençaient ainsi : « Quand j'étais
en France... » Elle nous montrait ensuite deux ou
trois phrases, et le reste du cours était consacré à

l'étiquette qu'il faudrait observer le jour où nous irions là-bas. « Les Français pèlent les pommes avant de les manger. » « Ils tiennent le couteau dans la main droite et la fourchette dans la gauche. C'est comme cela, en France. » Étant donné qu'elle était la seule personne à pouvoir enseigner quelques mots de français à cinquante kilomètres à la ronde, son autorité était incontestée chez nous.

Évidemment, à son arrivée au Canada, étant parfaitement incapable de comprendre le français canadien, Mme MacGregor avait conclu, comme les milliers de professeurs qui sévissaient alors, que le français parlé en Huronie était pourri et que, bien sûr, ceux qui baragouinaient ce sabir n'étaient pas des gens bien. À preuve, ils ne mangeaient même pas de croissants au petit déjeuner et ne savaient pas où était le Louvre. Elle ne se privait d'ailleurs pas de le dire à tout le monde, surtout à Pierrot, qui ne comprenait pas à quoi rimaient ces remontrances. Le pauvre non seulement ne comprenait pas plus que nous ce qu'elle disait, mais de plus, s'il avait fallu qu'il se singularise en classe par le fait qu'il était d'origine canadienne-française, il aurait été davantage persécuté. Donc, il se faisait encore plus petit que d'habitude durant les leçons de Mme MacGregor.

La maîtrise du français est la seule résolution que j'aie tenue pour l'amour de Pierrot. C'est moi qui ai demandé à mon père de m'inscrire aux camps d'immersion française de Trois-Pistoles. Pour entrer dans le monde de mon ami, j'ai lu tous les romans de la comtesse de Ségur et je regardais les films d'Eddie Constantine qui passaient le vendredi soir à *Cinéma international* à Radio-Canada. Ce n'était pas la bonne porte, me direz-vous, mais c'était mieux que de ne pas entrer du tout.

Vers la fin de la huitième année, les bourreaux de Marquis ont atteint les quatorze ou quinze ans, l'âge où l'on découvre qu'un cul sert à autre chose qu'à faire pipi et caca. Or, la sœur de Pierrot, Marguerite, avait quatorze ans et le feu au derrière. C'était une fille bien nourrie, qui avait de beaux seins et de bonnes fesses ; son visage n'était pas laid non plus, elle était blonde, avait de beaux yeux. Surtout, on la disait facile, ce qui faisait tout son charme. Marguerite faisait bander tous les cochons de l'école.

Quand les durs de l'école ont découvert la sœur de Pierrot, ils l'ont tout de suite admis dans leur bande. À la récré, ils l'entouraient et l'interrogeaient avec intérêt : « Est-ce que t'as déjà vu ta sœur toute nue ?

— Souvent. Quand elle prend son bain le samedi soir, je regarde par la fenêtre du haut pendant qu'elle se déshabille.

— Est-ce qu'elle a des gros seins ?

— Ah oui ! Gros de même !

— Est-ce qu'elle se passe la main sur la fourrure quand elle se savonne ?

— Tout le temps. Elle a beaucoup de poil.

— Est-ce qu'elle joue avec elle-même ?

— Non. Elle apporte des revues de femmes pour lire dans le bain. Elle aime les revues de mode surtout.

— L'as-tu déjà fourrée, ta sœur ?
— Pas moi. Juste ses amis. Des gars qui viennent le soir, l'été surtout, ou avec qui elle va à la plage, dans leurs voitures. Eux autres, ils lui pognent le cul en masse. Ç'a l'air qu'elle aime ça.
— T'es chanceux d'avoir une sœur de même... »
J'assistais à ces conversations, et je faisais semblant de rire avec les autres. À la fin de la récré, les voyous de l'école lui donnaient des tapes dans le dos ; il était enfin leur ami. Tout content, le professeur disait : « Je vois que Pierre s'est fait des amis. Tant mieux ! J'ai toujours su que vous finiriez tous par vous entendre ! » Les durs ricanaient, Pierrot aussi.

Une fois, le petit Charlie Traversy lui a encore demandé : « Hé, Marquis, veux-tu te battre avec moi ? », et un des grands lui a aussitôt mis son pied au cul. « Va-t'en, tu comprends rien à quoi qu'on parle ! Ta graine est trop petite ! » Le lendemain, Pierrot lui-même a donné une volée à Traversy devant tout le monde. Au-dedans de moi, j'ai applaudi comme au cirque, et le soir à la maison, j'ai béni Margot avant de m'endormir.

Je suis devenu l'ami de Pierrot, mais sa sœur n'y fut pour rien. (Ce n'est pas parce que j'étais vertueux, j'avais treize ans.) Moi, c'était le grand-père de la famille qui m'intéressait. Noé Marquis. Le vieux avait fait la guerre de 1914-1918, il s'était battu à Ypres, il avait été gazé deux fois, blessé en Belgique. Il s'était engagé comme simple soldat à seize ans et avait fini sergent-major de son régiment de montagnards écossais, le 3ᵉ Highlanders de Toronto, dont tous les soldats portaient fièrement le *kilt* sans avoir jamais vu l'Écosse. Il était rentré d'Europe à vingt ans, aussi pauvre qu'avant mais bardé de médailles. On l'avait fêté comme un roi, étant un des rares natifs de Huronie à revenir du front à peu près intact.

Quelques jours après la fête, on lui avait refusé un emploi à la municipalité parce que la fonction publique demeurait une chasse gardée anglo-protestante. On n'avait rien à faire d'un descendant métis des premiers Français établis en Huronie à l'époque où les Iroquois massacraient les jésuites et leurs alliés hurons. Noé s'était habitué pendant son enfance à se faire traiter d'être inférieur, de moitié d'Indien et autres amabilités, mais le pauvre était revenu de la guerre convaincu que son héroïsme allait enfin lui mériter le respect de ses concitoyens.

Il a vécu la même déception que les soldats noirs américains rentrant d'Europe en 1919. Alors il est parti, le cœur crevé.

Pendant cinq ans, il a travaillé un peu partout en Ontario, au Michigan, en Illinois, dans les chemins de fer, sur les navires des Grands Lacs. Il économisait tout ce qu'il gagnait, déterminé qu'il était à prouver à ses condisciples qu'un Métis pouvait s'embourgeoiser comme tous les autres. Il est retourné un jour dans sa ville natale, les poches pleines, avec à son bras une petite femme toute douce, Blanche Chauvin, qu'il avait connue à Rivière-aux-Canards, près de Windsor. Il s'était dit que s'il devenait propriétaire en ville, on ne pourrait lui refuser un des emplois municipaux dont il rêvait et qu'on offrait en priorité aux anciens combattants.

Mauvais calcul encore une fois, on n'a pas voulu de lui, sauf que, cette fois, on a été plus poli qu'en 1919. On lui a répondu que toutes les places étaient prises mais qu'on étudierait son dossier à la prochaine vacance. Encore naïf, il a cru les édiles, qui se moquaient de lui. On a même refusé de lui vendre une maison en ville. Évidemment, on n'a pas refusé à proprement parler, on restait courtois : l'agent immobilier a simplement fait hausser le prix de la maison de telle façon que Noé a dû se contenter d'une propriété de l'autre côté de la voie ferrée, là où l'on parquait les travailleurs de la scierie.

Le jour où on a oublié de l'inviter au défilé des anciens combattants du 11 novembre, Noé a compris qu'on ne l'accepterait jamais. Les gars avec qui il s'était battu ne voulaient rien entendre, eux non plus. Au front, il était un camarade avec qui on mangeait la soupe. Rentré en Huronie, il était redevenu un sale Métis français.

Alors il a construit une maison de ses propres mains dans une rue réservée aux gens de sa race. L'hiver, il allait bûcher dans les camps du nord, il rentrait les poches bien bourrées au printemps et passait l'été à pêcher et à boire, seul. Il a engendré sept enfants, qui ont grandi à l'ombre de son amertume muette.

Un jour, dans les années trente, la municipalité constatant qu'on commençait à manquer d'anciens combattants pour organiser le défilé du 11 novembre, on a invité Noé Marquis à se joindre à la fête. C'était une fête courue dans cette petite ville : il y avait de la musique, toutes les notabilités y étaient, un grand repas suivait la cérémonie, c'était congé pour les écoliers, on dansait le soir au pavillon de la Légion. Noé a refusé d'en être, et pendant plusieurs années par la suite, alors que tous les anciens combattants se réunissaient pour la marche en ville, lui se mettait sur son trente et un, coiffé de son béret d'ancien combattant, la poitrine richement médaillée, et il se promenait seul dans les rues, restant exprès à l'écart de la fête populaire.

Ça s'est su, c'est devenu gênant, et on s'est mis à murmurer qu'il agissait ainsi parce qu'il avait été gazé une fois de trop. Un monsieur lui en a fait la remarque : un notable du genre qu'il détestait, un boutiquier qui était resté bien au chaud à l'arrière à baiser les fiancées des soldats partis se faire tuer dans la boue belge. Noé l'a assommé d'un coup de poing. D'autres messieurs ont voulu lui faire un mauvais parti, mais on s'est souvenu qu'un jour où Noé était soûl il avait vidé tout seul un wagon de bûcherons sur la ligne du Grand Nord ; il avait fallu quatre policiers armés de matraques pour l'arrêter.

On s'est rappelé aussi que, dans les chantiers, on l'appelait le Chat, parce qu'il était le seul homme assez rapide pour aller poser les charges de dynamite dans les bancs de billots pris en pain sur la rivière, et revenir sain et sauf en sautant d'un billot à l'autre. Un métier où peu d'hommes vivaient long-temps. Un magistrat a voulu porter plainte, le chef de police a dit qu'il allait régler ça mais, finalement, on l'a laissé tranquille. Ainsi, le 11 novembre, pendant des années, le fier Noé déambulait dans des rues désertes, en marge du défilé, suivi par quelques enfants qui le croyaient fou et admiraient son veston, qui comptait plus de médailles que celui des autres marcheurs.

Peu à peu, le scandale s'est mué en gêne. On s'est donc fait un peu plus insistant, des délégations d'anciens combattants sont allés le trouver en grande cérémonie pour le convaincre de se joindre à eux. Personne n'a pu le faire changer d'avis. C'est même devenu très gênant, lorsque le ministère de la Guerre a demandé aux anciens combattants, au début de la guerre de 1939-1945, de défiler un peu plus souvent. Il s'agissait d'encourager le recru-tement, l'achat de Bons de la Victoire. Le colonel de son ancien régiment lui a même fait une lettre le suppliant de prêter son concours à cette nouvelle guerre patriotique. On a accusé Noé de trahison, le curé lui a rendu visite, on s'est même servi de ses enfants pour le faire fléchir. On connaissait mal Noé.

Le pire, c'est qu'on avait fini par ne plus se rappeler pourquoi il se conduisait comme cela. Ceux qui l'avaient injurié dans son enfance, ceux qui l'avaient exclu de la fonction publique municipale avaient commodément oublié leurs torts. Ceux qui savaient la vérité lui reprochaient son entêtement, qu'ils jugeaient puéril, se conduisant comme ces historiens qui commentent en trois lignes les massacres de tribus oubliées.

Un jour, Noé Marquis a assisté au défilé du 11 novembre, sans qu'on l'y invite, car on avait cessé depuis belle lurette d'exercer des pressions sur lui. Il y est venu pour son fils, mort des suites de ses blessures à la guerre de 1939-1945. Son fils Napoléon, son aîné, qui s'était engagé à quinze ans, contre le gré de son père, qui lui avait interdit d'aller se battre pour les autres, pour des gens qui paieraient de mépris sa bravoure. Le petit Napoléon brûlait d'aller au front, d'être un héros comme son père. Quand il a annoncé qu'il s'enrôlait, son père lui a cassé la gueule, mais le fils est parti quand même. Il s'est engagé sous un faux nom, il a participé au débarquement de Normandie, à la campagne de France, à la campagne d'Allemagne ; il est rentré officier et infirme. Infirme dans la tête, surtout. Jadis garçon insouciant et joyeux fêtard, il est devenu mélancolique, alcoolique. Même sa fiancée qu'il avait quittée enceinte de leur premier enfant ne l'a jamais reconnu. La ville a réparé avec le fils les injures faites au père. À son retour, on lui a donné une place au service du cadastre régional, il a eu droit à une subvention de l'État fédéral pour se construire une maison, mais tout cela pour rien. Il a vite bu tout ce qu'on lui avait donné, et les braves gens de la ville en ont déduit qu'après tout ces Métis ne savent que boire et forniquer comme des animaux. Deux ans après la naissance de son dernier, Pierrot, Napoléon est tombé raide mort un soir de bal au pavillon de la Légion canadienne. Ses blessures de guerre l'avaient rattrapé pour de bon.

Alors le vieux Noé s'est mis à défiler pour les morts de 1914 et de 1939, mais il n'en pleurait qu'un. Avec le temps, il est devenu l'unique survivant de son régiment, et d'année en année, les honneurs qu'on lui faisait étaient toujours plus éclatants. Le maire le plaçait à côté de lui au banquet de l'Armistice, le député et le ministre des Anciens Combattants lui serraient la main devant toute la ville émue, on a donné son nom à une salle du pavillon de la Légion canadienne, on lui a remis de nouvelles décorations. L'Armistice est devenu sa fête à lui. Tout lui étant permis à cette occasion, il buvait jusqu'à en perdre la mémoire et on le retrouvait chaque fois dans quelque ruelle, ivre mort.

Le reste de l'année, il occupait ici et là de petits emplois de menuisier ou de jardinier et se soûlait avec modération à la Légion le vendredi soir. À la fin de sa vie, on ne le méprisait même plus, la population de la ville ayant évolué ; on disait seulement de lui, dans un souffle de respect, qu'il avait fait la guerre de 1914 pour défendre les valeurs canadiennes.

Le croiriez-vous ? J'ai mis presque un mois à raconter à Maud mon histoire de Pierrot. Bien entendu, les séances étaient un peu espacées et il nous arrivait de parler d'autre chose, d'elle surtout. Mais la vérité est que je faisais durer le plaisir, pour être sûr de la revoir. Un soir, en la quittant, je lui ai dit spontanément qu'elle me plaisait, que j'aimais être avec elle et la petite.

« Tu crois que j'écouterais ton histoire si tu me plaisais pas un peu ? »

Nous nous sommes embrassés vite fait, et j'ai sauté dans le taxi qui m'attendait. Trois fois, en chemin, j'ai failli demander au chauffeur de faire demi-tour.

J'ai vraiment connu Pierrot l'été de mes quinze ans. Je devais partir pour la Suisse à l'automne, ayant été mis à la porte du collège de la Toussaint pour l'histoire que vous savez. La disgrâce de mes parents était pour moi un titre de gloire : enfin je ressemblais aux guenillous dont j'avais voulu être le frère d'armes. C'est dans cet état d'esprit que j'ai revu Pierrot.

Lui, il avait lâché l'école depuis la huitième, il avait dix-sept ans et travaillait à la scierie locale, la Tilbeldoy. Il était habillé de cuir et conduisait sa moto. C'est lui qui s'est arrêté pour me parler.

« Hé, Winter ! Paraît que tu t'es fait mettre à porte du collège ?

— Ouais, pis chu ben content, 'stie ! lui ai-je répondu dans mon meilleur français des rues. Toué, chriss, comment ça va ? »

Nous sommes devenus des amis. Le bel été... On se voyait presque tous les soirs. Il m'emmenait à la plage en moto, on mangeait des frites ou de la crème glacée, il me montrait les chèques de paye qu'il recevait, et surtout, il me posait des questions parce que j'étais instruit et lui pas. Il voulait savoir s'il y aurait une guerre un jour, quels salaires on pouvait toucher dans les mines des Territoires du Nord-Ouest, s'il y avait moyen de faire le tour du monde en moto. Pour lui répondre, j'aurais lu des rayons de bibliothèque.

Et le plus beau, c'est que mes parents rageaient de me voir fréquenter un gars de rien, mais en silence, car ce ne sont pas des choses qui se disent dans ma famille. Leur réserve me charmait.

Des fois, j'allais chez lui. Je restais à souper quand sa mère m'invitait, et je partais le plus tard possible. Dans ma condescendance émue, je trouvais à sa famille toutes les vertus que je prêtais naïvement aux pauvres. La sœur et les cousines de Pierrot baisaient sans se cacher (ce qui me faisait penser, avec toute la gravité adolescente dont j'étais capable, que la liberté sexuelle est le lot des humbles et la frigidité, le lot des riches). Les oncles de Pierrot ne se gênaient pas pour péter aux repas : j'interprétais cela comme une expression nouvelle de liberté corporelle, que ma famille, et les familles bien en général interdisaient vigoureusement. On ne se lavait pas les mains avant de passer à table, on mangeait sans manières, et je trouvais cela sublime ; on sacrait, on lançait des blagues cochonnes tout le temps. Je rentrais chez moi trois fois plus haineux envers ma famille de bourgeois satisfaits, la mauvaise conscience enfin apaisée. Je me promettais alors d'entrer un jour dans le monde de Pierrot Marquis et d'y rester pour toujours. S'il avait eu une sœur de mon âge, je l'aurais épousée. Marguerite, elle, s'était déjà mariée avec un camionneur et était mère de deux enfants à vingt ans ; elle vivait loin de chez nous.

Et puis, il y avait le grand-père, Noé Marquis, dont Pierrot et moi quêtions les souvenirs comme deux malheureux assoiffés d'héroïsme. Il racontait bien, Noé, et on l'écoutait avec adoration. Il disait comment il avait sauvé un camarade qui se noyait dans la boue, comment les gaz allemands étaient tombés sur sa tranchée et avaient exterminé les rats et la vermine. Moi, j'aurais souhaité qu'il en dise plus, quitte à ce qu'il mente. J'avais tellement besoin de croire en lui. Il incarnait le héros tragique : l'homme humble que la guerre transfigure en héros et que la paix renvoie à la médiocrité. Je chantais ses louanges partout, si bien que Pierrot me reprenait parfois : « Hé, arrête ! C'est pas ton grand-père ! »

C'est cet été-là que Pierrot et moi avons découvert le Viêt-nam. Une fois, il a dit : « Dans ma famille, il y a au moins un Marquis par génération qui va à la guerre. Moi aussi, je veux y aller, mais je suis pas chanceux, y a pas de guerre de ce temps-ci. Pis le Canada, c'est un pays trop peureux pour aller déclarer la guerre à un autre, ça fait que je suis pris ici à rien faire. » Je lui ai répondu qu'en attendant il y avait toujours le Viêt-nam.

On était en 1966, tous les soirs la télévision en parlait, et dans ce temps-là, on croyait que c'était une guerre juste. Je servais à Pierrot d'auxiliaire documentaire et le rassasiais d'opinions toutes faites. Je puisais abondamment dans les préjugés du moment et dans mes lectures des revues américaines : « Tu vois, Pierrot, le Viêt-nam du Nord est communiste, et le Viêt-nam du Sud ne l'est pas. Hanoi est la capitale du Nord, et Saigon la capitale du Sud. Le Nord veut conquérir le Sud pour que tout le pays soit communiste. Il faut arrêter Hanoi, car si nous ne faisons rien, bientôt, ce sera toute l'Asie qui sera communiste : la Birmanie, la Thaïlande, le Japon, l'Indonésie, l'Inde. De là, les communistes s'empareront de l'Afrique, de l'Europe, de l'Amérique du Sud, ils viendront jusque chez nous ! Le Nord est armé par les Russes et les Chinois, et le

Sud par les États-Unis. Nous, au Canada, on est pour les États-Unis. Les Américains ont envoyé une armée immense là-bas, et ça devrait se terminer bientôt parce qu'ils sont les plus forts. Ils l'ont dit encore hier à la télévision. » Pierrot croyait tout ce que je disais, et moi je croyais tout ce que la presse racontait.

« Est-ce que les Canadiens ont le droit d'aller se battre là-bas ? » Cette question le chicotait. Recherches faites, je lui ai suggéré un moyen. « Le Canada ne fera pas la guerre au Viêt-nam. Mais rien ne t'empêche de t'engager dans l'armée américaine. Je suis certain qu'on va te prendre. Tu es fort, tu as ta huitième année, et en plus, puisque tu parles français, ils pourraient te prendre comme interprète dans les services de renseignements militaires. Parce que le français est une langue très parlée au Viêt-nam, les Français y étaient encore il y a douze ans. On te ferait interroger les prisonniers, réunir des renseignements sur l'ennemi, ce genre de truc-là. » Ce fut une révélation pour Pierrot. Pour la première fois de sa vie, il voyait que ça pouvait servir à quelque chose de parler français. Lui, l'heureux homme, avait une chance de plus d'aller se battre au Viêt-nam. Il serait commando-interprète, il serait parachuté derrière les lignes ennemies, et grâce à sa connaissance du français, il convaincrait les paysans de se soulever contre les méchants communistes, il aiderait les Américains à gagner la guerre, le monde libre verrait en lui un héros. Il serait fait général et moi, je l'aiderais à écrire ses mémoires. À la fin, nous parlions du Viêt-nam avec tant d'enthousiasme que nous en oubliions le vieux Noé, perdu dans le souvenir de ses tranchées boueuses.

Il voulait s'engager. Après m'être informé, je lui ai dit comment demander ses pièces d'identité, où franchir la frontière et trouver le poste de recrutement le plus près de notre ville. Nous avons longuement discuté des avantages qu'il y avait à s'engager dans la marine, l'aviation, l'infanterie ou le corps des marines. Nous avons vu ensemble le film *Bérets verts* avec John Wayne, et il en était fou.

Fin août, quand je suis parti pour la Suisse, j'avais la certitude de m'être fait un ami éternel. J'avais réalisé mon rêve d'enfance, Pierrot était mon ami.

La veille de mon départ, nous sommes allés à la plage manger des hamburgers avec des milk-shakes. Nous étions seuls tous les deux, comme d'habitude, nos conversations bellicistes nous dispensant d'affronter les filles en maillots de bain. Au moment de partir, il m'a demandé : « Pis toué, est-ce que tu vas t'engager aussi ?

— Oui... (je m'en suis voulu à mort par la suite d'avoir hésité un peu). Mais je préfère finir mon secondaire ; comme ça, je pourrai devenir officier. Officier de réserve, en tout cas. »

L'espace d'un instant, il m'a cru, je pense. Du moins, il a fait semblant. Ce fut son plus beau témoignage d'amitié.

« On se retrouvera dans la jungle. Quand la guerre sera finie, on ira fêter ensemble dans les bordels de Hong-kong ! » On avait tellement ri.

C'est un camarade qui m'a appris la nouvelle, à mon retour, un an après. Le camarade, c'était Charlie Traversy, qui travaillait à la scierie avec Pierrot. « Il s'est engagé dans l'armée américaine, imagine-toi. Je l'aurais jamais cru capable de faire une chose de même. Il a vidé son compte en banque, il a fait sa valise, pis il est parti un vendredi. Il avait la carte verte, tous les papiers qu'il fallait, j'ai même vu sa lettre de l'armée américaine. On était contents pour lui. Y a rien que son grand-père, le vieux Noé Marquis, qui voulait pas qu'il parte. Pete est parti quand même, le vieux pleurait, pis il s'est soûlé comme il fait tout le temps quand il a de la peine. C'est ça qui est ça. » Je n'en revenais pas : je croyais qu'on n'avait fait que parler pour parler.

Il n'y a plus de Marquis dans ma petite ville de Huronie. Le vieux Noé est mort il y a dix ans, il était le dernier membre de la famille dans la place. Il est mort tout seul, mais, comme dit ma mère, c'est lui qui a la plus grosse pierre tombale au cimetière. « C'est juste après tout, c'était un héros. »

Même le quartier métis a disparu : il a été remplacé par un centre commercial et un complexe de villégiature pour les gens de Toronto qui aiment la vue sur le lac Huron. Il n'y a plus de pauvres dans ma ville natale.

Dans la lettre que j'ai reçue de l'Association des anciens combattants canadiens du Viêt-nam, on nommait un certain Pete Marquee, domicilié à Mariposa, en Ontario, entrepreneur en petits travaux de construction. Ça ne peut être que lui, car il est le seul de l'association qui a le même lieu de naissance que moi. J'ai également appris qu'il a fait la guerre comme cuisinier. Vu son nom français, on s'est peut-être dit qu'il ferait un bon cuisinier, et des cuisiniers, dans une armée, il en faut.

Un matin, au café, Maud m'a demandé si je comptais encore écrire à Pierrot Marquis pour me faire pardonner son Viêt-nam. Je lui ai dit que non, que c'était une histoire ancienne, tout juste bonne à être racontée. Vous savez ce qu'elle a fait ? Elle m'a pris par la main et m'a entraîné avec elle en murmurant : « La petite est chez son amie jusqu'à midi. Viens, on a encore le temps, une autre fois... » Réflexion faite, si un jour j'écris à Pierrot, ce sera pour le remercier de m'avoir fait connaître Maud Gallant. Il ne comprendra pas, mais ça ne fait rien.

MONOLOGUE NOCTURNE
POUR ZORAH

Je peux maintenant vous dire pourquoi je restais planté pendant des heures devant une certaine maison de la rue Cobourg où j'ai vécu tant d'années avec Zorah pour rien. Ma honte est morte. C'était l'époque où je passais pour fou. Parfois, la police était alertée par un bon citoyen probablement nouveau dans le quartier ; infailliblement, dès que le patrouilleur voyait qu'il s'agissait de moi, il virait de bord.

Ce que je faisais là ? Je disais à Zorah que je ne l'avais jamais aimée, que je lui demandais pardon d'être resté dix ans avec elle sans lui avouer ce fait une seule fois. Ce n'était pas juste, ce n'était pas correct de ma part, mais que voulez-vous, dans le temps, Zorah n'était qu'une petite partie du mensonge qu'était ma vie. Alors, dans ces stations solitaires, je lui racontais ma vraie version de notre vie commune, à voix haute parfois. Évidemment, elle ne répondait jamais, ne pouvait rien répondre. Zorah est partie pour toujours.

Pourquoi Zorah ? Je peux donner les deux seules raisons que je crois connaître aujourd'hui. D'abord, ce n'était pas elle que j'aimais, mais moi. C'est-à-dire la réflexion embellie de ma propre image dans son regard. Dans sa tête à elle, j'étais le héros providentiel que j'avais toujours rêvé d'être pour Pierrot Marquis. On ne tombe amoureux que de soi. Ensuite, j'obéissais à mon propre intérêt, ce qui est le cas de toute relation amoureuse qui dure au moins dix ans : Zorah incarnait l'antidote contre mon sentiment de culpabilité paralysant, dont je souhaitais me défaire en m'attachant à elle.

Ce qui me rappelle l'histoire d'un grand ami à moi, un universitaire allemand né après la guerre et établi au Canada depuis longtemps, qui, pour se faire pardonner les crimes commis par son peuple, a épousé une Juive et ne parle que le français avec ses enfants. Toute sa vie, il a été malheureux avec sa femme qui le trompait avec tous ses collègues ; ses enfants lui mangent son traitement.

Quand sa femme l'a quitté, il s'est mis en ménage avec une réfugiée chilienne qui l'a mis sur la paille. Il ne s'en est débarrassé qu'en lui payant le voyage de retour dans son pays. Encore aujourd'hui, il lui envoie des mandats. Il pardonne, il pardonne ; il faut comprendre, dit-il continuellement. Ce n'est pas tout. Lorsqu'il donne des conférences, toujours sur des sujets obscurs, il ne manque jamais de préciser dans son compte rendu : « Ça s'est très bien passé. Il y avait toutes sortes de gens dans la salle : des ouvriers, des femmes de ménage, oui, oui, je vous assure. » Il habite dans un quartier populaire

de Toronto, la moitié de ses voisins sont presta-
taires de l'assistance sociale, son illusion de culpabilité en voie d'expiation restera intacte jusqu'à sa
mort.

Il est lâche, il a peur de décevoir, il ne chan-
gera jamais. C'est un ami, je lui pardonne toutes ses
ratiocinations maladroites. Après tout, j'ai fait
exactement les mêmes avec Zorah.

J'ai fait la connaissance de Zorah dans un champ d'avoine. Plus les années passaient, moins elle aimait m'entendre évoquer ce souvenir. Ça fait commun, disait-elle. C'était près de Manawaka, au Manitoba. Je faisais du pouce, elle aussi. J'allais à Vancouver pour mieux me fuir moi-même. Elle se dirigeait vers Toronto pour en faire autant. Il y avait vingt-quatre heures que j'attendais un automobiliste charitable lorsqu'elle est descendue d'un camion de l'autre côté de la route. Je me rappelle que le camionneur portait une casquette aux couleurs d'une équipe de base-ball, comme tous les cols-rouges du coin. En s'éloignant, il m'a hurlé que je pouvais l'avoir, la petite pute.

Elle pleurait. En bon héros romanesque, j'ai fait un porte-voix de mes mains pour lui demander si ça allait. Elle m'a envoyé chier. Puis elle a pris son havresac, qui avait l'air de peser une tonne, et elle s'est éloignée un peu pour bien me montrer qu'elle se foutait de moi. Chacun de notre côté, nous avons attendu un véhicule en vain. Elle évitait mon regard, moi le sien.

Le soir venu, j'ai monté ma tente. Comme j'en étais à ma deuxième nuit dans mon champ d'avoine, j'ai fait comme chez moi. Il me restait une boîte de sardines, un contenant de choucroute, un bout de saucisson dur comme de la pierre ; dans ma gourde, j'avais de quoi faire du thé pour deux. Il a suffi d'un geste pour qu'elle se joigne à moi ; elle me regardait depuis cinq minutes avec des yeux affamés.

En quelques instants, nous avons tout dévoré sans dire un mot. La minute d'après, elle dormait, le dos contre mon havresac. Je suis entré sous ma tente. Quand j'ai entendu les premières gouttes de pluie sur la toile, j'ai été poli une fois de plus. « Viens. Ne crains rien, je ne te toucherai pas si tu n'en as pas envie. » Elle est venue.

Il pleuvait encore le lendemain. Je m'étais collé contre elle dans le sommeil, et elle contre moi ; nous avions eu froid. Je ne sais trop qui a commencé à caresser l'autre, mais le désir était si fort que nous en avons oublié la pluie, le vent froid, l'haleine des bouches après le sommeil ; les besoins naturels se réveillaient. Les condamnés à mort ne s'accouplent pas autrement. Je lui ai demandé son nom, elle a refusé de me le dire et n'a pas voulu savoir le mien.

D'un moment à l'autre, nous allions nous séparer. Une familiale s'est arrêtée de mon côté, le chauffeur allait à Manawaka, vers l'est, pas plus loin. Elle m'a regardé d'un air traqué, j'ai pris un risque : « T'as peut-être envie d'une douche et d'un bon repas chaud, toi aussi. Tu pourras prendre un autobus là-bas. » Le chauffeur avait l'air impatient ; elle est montée avec moi. Pour la première fois, elle souriait, comme une fillette qui a fait un mauvais coup.

Le monsieur nous a déposés devant le premier motel de Manawaka, le Bison rouge. Le commis à l'accueil nous a fait payer la chambre d'avance et a demandé à voir nos papiers d'identité ; nous avions l'air trop pauvres pour inspirer confiance. C'est alors que j'ai su son nom : Denise Hershowitz. Elle a entendu le mien dans la bouche du commis.

Pendant qu'elle se douchait, je suis allé chercher de quoi boire et manger sous la pluie qui continuait mais que je ne sentais plus. À mon retour, elle a dit : « Dépêche-toi de te décrotter, il fait froid ici. » Elle était toute nue sous les draps, coiffée d'un turban pour se sécher les cheveux. Il devait être midi. Nous sommes sortis de la chambre vingt-quatre heures plus tard.

Les jambes molles tous les deux, nous sommes allés nous promener dans Manawaka, la petite ville tranquille que nous devions être les seuls à trouver belle ce jour-là. Il y avait un parc où des enfants jouaient au base-ball. Nous les avons regardés en touristes résolument oisifs. Il me semblait que certains parlaient français. Pour faire étalage de mon bilinguisme et de mes muscles, je leur ai demandé si je pouvais lancer quelques balles avec eux. Ils m'ont répondu quelque chose que je n'ai pas compris. Elle a traduit pour moi, j'ai rougi. « Tu sais, un garçon de bonne famille qui a appris le français en lisant Flaubert, ça ne battra jamais une petite Juive qui a appris le français québécois dans une ruelle de Montréal. » Nous nous sommes embrassés, entourés d'enfants qui ricanaient dans le champ de base-ball humide.

Le soir, nous sommes allés voir *Casablanca* au cinéma local. On aurait dit que la ville avait vingt ans de moins que nous, que le temps n'allait pas aussi vite là qu'ailleurs. Après, nous sommes allés manger des hot-dogs dans un wagon-restaurant rétro où l'on faisait jouer de la musique western comme partout ailleurs. Seuls dans notre compartiment, nous formions un continent à part. La nuit, pour donner à nos corps le temps de se reposer, nous nous racontions nos vies. Avec cette franchise impudique que seuls les étrangers ont les uns face aux autres lorsqu'ils s'épanchent dans l'anonymat, amnistiés d'avance par la promesse de l'éloignement.

Vous allez tout de suite comprendre pourquoi je l'ai trouvée si attirante, elle qui ne l'est même pas. Son père tenait une boucherie casher à Montréal, sa mère était couturière. Famille originaire de Biélorussie, grand-père rabbin en Europe. Son oncle s'était battu en Espagne dans le bataillon canadien Mackenzie-Papineau, les Mac-Paps comme on les appelait, aux côtés des Brigades internationales. Toute ma vie, j'avais rêvé d'avoir un passé irréprochable comme le sien, de même que j'avais rêvé d'être épileptique ou enfant de l'assistance publique.

À la fin de ses études secondaires, elle était allée vivre un an en Israël pour y travailler dans un kibboutz et apprendre l'hébreu. Elle avait fait un baccalauréat en pédagogie sociale à l'Université du Manitoba. Présidente fondatrice de l'association des étudiantes et animatrice du cercle yiddish, elle avait été de toutes les bonnes causes.

Une fois bachelière, elle est entrée au cabinet d'un ministre du gouvernement provincial néo-démocrate. « Pendant deux ans, j'ai rédigé les discours du ministre, fait ses recherches, cajolé les militants de sa circonscription ; je me suis défoncée dix-huit heures par jour pour lui. En campagne électorale, je repassais ses chemises pour qu'il ait toujours l'air frais comme une rose, et je couchais avec lui lorsqu'il voulait bien de moi. Pourtant, il n'a pas cherché une seconde à me retenir quand la clique de son nouveau chef de cabinet m'a évincée.

« Je me suis recyclée comme agente chargée des adoptions d'enfants amérindiens par des familles blanches et dont les bandes indiennes réclament la garde afin de les réinitier à la culture autochtone. Un beau matin, je me présentais à la famille, munie d'une ordonnance du tribunal, et je sommais la maman de faire une valise pour l'enfant ; j'emmenais le petit en balade, cinq cents kilomètres de routes boueuses et cahoteuses, pour le laisser dans un taudis sans eau chaude et sans chiottes. Je faisais ce métier avec fierté et je méprisais les larmes des bonnes femmes à qui j'enlevais des enfants qu'elles élevaient depuis sept ou huit ans ; j'étais certaine de servir un intérêt supérieur. Au début... »

La nausée lui était vite venue. Elle avait tout bradé : voiture, meubles, vêtements, pour s'acheter du matériel de camping ; elle voulait partir avec le minimum, faire le vide, mener la vie des hippies des années soixante à Toronto. Il lui avait fallu aussi congédier ses deux amants : un homme d'affaires marié qui l'invitait dans les trois bons restaurants de

Winnipeg, et un pédiatre débutant qui l'avait fait avorter deux fois et l'avait enfin convaincue de prendre la pilule.

Voilà. C'était elle, tout elle, à prendre d'un bloc, qui se racontait avec un sans-gêne que j'enviais. J'ai eu mon tour, moi aussi : dans les rues aux arbres chétifs de Manawaka, je lui racontais, la tête baissée, les petites mésaventures de l'homme de trente ans que j'étais alors. Ce qui me faisait plaisir, c'était de l'entendre rire aux moments les plus inattendus.

Avant Zorah, je faisais le brave. J'étais de ceux que le remords incite à rêver d'héroïsme.

Étudiant, j'ai signé toutes les pétitions qui circulaient. À l'Université de Toronto, j'ai fait des études paresseuses de mathématiques, de prémédecine et de sociologie. À ma dernière année, je me suis inscrit au collège de la Frontière où les universitaires sont appelés à instruire les humbles dans les chantiers du Canada.

Ainsi, j'ai travaillé tout un été sur une plateforme de forage dans la mer de Beaufort, et le soir, j'animais une école d'alphabétisation pour les travailleurs du camp. J'avais trois ou quatre élèves, qui venaient strictement parce qu'il n'y avait rien d'autre à faire le soir. Il faut croire que je les amusais.

Pendant les deux premiers mois, mes camarades m'ont joué des tours pendables. Ils versaient de la mélasse dans mes bottes la nuit, ils faisaient des dessins cochons dans mes livres, ils m'envoyaient chercher des outils qui n'existaient pas, ils déboulonnaient mon lit de camp et je me retrouvais sur le cul dès que je m'asseyais dessus. Ou alors, ils faisaient semblant de s'intéresser à mon programme d'alphabétisation. Je n'avais pas parlé cinq minutes qu'ils pouffaient de rire ; ils me demandaient comment on écrivait les gros mots : « Excusez, monsieur le professeur, comment est-ce qu'on écrit " j'ai fourré deux grosses cochonnes d'Indiennes la semaine passée " ? C'est parce que j'écris à ma mère, pis des fois, j'ai de la misère avec l'orthographe... » Ils disaient tout ce qui leur passait par la tête dans l'espoir de choquer le petit prétentieux de la ville qu'ils croyaient que j'étais. Heureusement, je ne me démontais jamais, et je leur donnais les explications voulues avec tout le sérieux du monde. « " Péter " s'écrit avec un seul *t*. N'oubliez pas le *s* lorsque vous écrivez " pet " au pluriel, comme dans la phrase : " j'ai lâché quatre pets après déjeuner ". D'autres questions ? » Les chahuteurs ont vite cessé de venir.

Même ceux qui avaient de l'amitié pour moi aimaient me mettre à l'épreuve. Après chaque cours, nous tenions une petite discussion où nous devions parler de la vie, de nos valeurs, de notre famille, de nous-mêmes, bref, nous parlions pour parler, pour passer le temps. D'après les instructions du collège de la Frontière, ces conversations avaient pour objet d'éclairer les travailleurs. Les gars profitaient de ce moment pour me poser ce qu'ils appelaient avec un sourire des problèmes de philosophie : « Par exemple, j'ai connu un gars sur un autre chantier qui avait une poupée gonflable de Jacqueline Kennedy. Ce gars-là bottait sa poupée tous les soirs, mais il la louait de temps en temps aux autres gars pour faire une piastre. Des fois, il y avait des gars qui attrapaient des chaudes-pisses de même. Qui est responsable dans un cas comme celui-là ? Celui qui loue la poupée gonflable ou celui qui a passé sa chaude-pisse ? T'as de l'instruction, toi, qu'est-ce que t'en penses ? » Un problème semblable pouvait nous occuper pendant des heures. Chose certaine, je ne leur ai jamais donné satisfaction en faisant l'indigné. Quand je suis parti de ce camp-là, les gars m'ont donné en cadeau une photo du groupe d'alphabétisation, avec au centre la poupée gonflable de Jacqueline Kennedy.

Le pire, ce fut à Flin Flon, au Manitoba, où j'étais allé faire le missionnaire dans une mine de plomb. Deux hommes en camion sont venus m'accueillir à la gare. Ils m'ont fait asseoir sur une caisse, à l'arrière. Il y avait le mot DYNAMITE écrit en grosses lettres sur la caisse, avec des têtes de morts et des ossements croisés. Ils m'ont dit : « On a un chargement de dynamite à livrer à la mine. Assois-toi là-dessus, il n'y a pas de danger, on n'ira pas vite, ne t'en fais pas. » Ensuite, les deux gars sont montés dans la cabine et le camion a démarré en trombe. Ils ont foncé à toute allure dans la petite ville, ils ont fait tous les virages sur les chapeaux de roues, on aurait dit aussi qu'ils faisaient exprès de ne rater aucun nid-de-poule. Le camion était secoué dans tous les sens, et la caisse de dynamite se promenait joyeusement. J'étais sûr qu'elle finirait par m'exploser dans le cul. C'est la seule fois de ma vie adulte où j'ai prié le bon Dieu à voix haute. Quand nous sommes arrivés à destination, je n'osais plus descendre : j'étais certain que la promenade avait endommagé la caisse de dynamite et que ça péterait d'un instant à l'autre. Les deux gars étaient morts de rire. Je ne m'en souviens pas très bien, mais il paraît que je me tenais agrippé à ma caisse quand ils m'ont retrouvé, malade de peur. En fait, il ne s'agissait que d'une vieille caisse recyclée qui contenait des outils lourds, plus une once de dynamite. C'était le tour qu'ils jouaient à tous les nouveaux du chantier.

Ça, c'était le premier jour. Ils m'en ont joué un par jour, des tours comme celui-là. Certains matins, lorsque j'allais observer des oiseaux avec mes jumelles, il s'en trouvait toujours un pour me suivre et abattre les mésanges et les hiboux avec sa carabine. Jamais moyen, non plus, de faire mes besoins tranquille : les gars enrobaient la cuvette des toilettes d'une pellicule d'emballage transparente juste à temps pour le pipi matinal, ou ils volaient le papier hygiénique pour le remplacer par la page sportive du *Winnipeg Free Press*. À mon retour, ils me demandaient mon avis sur tel ou tel joueur de hockey. Je suis resté un mois à Flin Flon.

Ma vie de chantier a duré trois ans. Trois ans à faire le scout ; trois ans qu'il m'a fallu pour comprendre que j'étais un imbécile bien intentionné ; trois ans pour apprendre que j'étais un fort mauvais comédien, jouant dans une pièce de mauvais goût, pour le mauvais public en plus. J'ai alors décidé de prendre un emploi mieux assorti à mes capacités. J'aimais l'enseignement, je suis devenu professeur.

J'ai enseigné de tout : les mathématiques, l'anglais, le français, la biologie, la géographie. D'abord, dans une réserve indienne de la Saskatchewan où l'on avait un mal fou à retenir les professeurs, parce que personne là-bas ne s'intéressait le moindrement à l'école. J'ai été le seul en quatre ans à sortir de là sans sombrer dans une dépression nerveuse ; j'ai été aussi le seul à ne pas se faire battre par un élève ou un parent d'élève. Je n'en avais aucun mérite, ayant vite compris que ce n'était pas la peine. Moi qui avais rêvé de grandes chasses au daim, d'initiations fraternelles à la vie sauvage, d'un emblème totémique qu'on me donnerait pour signaler une vertu quelconque chez moi ; j'avais aussi rêvé de filles du chef qui s'offriraient à moi sous la tente après quelque épreuve virile ; et surtout, je serais leur ami, l'homme qui les défendrait contre les intérêts industriels blancs.

C'est à peine si, hors de la classe, j'ai dit cent mots à un être humain pendant toute l'année où j'ai vécu là-bas. Je n'existais pas, point ; j'étais un cadavre qui agitait une craie devant un tableau noir.

J'ai pourtant tout essayé. Comme Marguerite Bourgeoys, j'ai voulu attirer les enfants en leur offrant des gâteries. Ils prenaient les bonbons et s'en allaient tout de suite après en me criant des injures. J'ai voulu parler au chef, il n'a jamais accepté de me recevoir ; les mères ne désiraient pas savoir non plus si leurs enfants faisaient des progrès. J'ai convoqué trois réunions de parents et élèves, personne n'est venu. Le seul totem qu'on m'a donné était une locution qui voulait à peu près dire « Mords-toi le gland », comme me l'a révélé plus tard le gendarme du détachement local.

Souvent, le matin, je retrouvais ma classe

complètement vide. Je rentrais chez moi et, comme mes prédécesseurs, j'écrivais à l'inspecteur de l'enseignement fédéral que le programme était quelque peu difficile à suivre mais que les élèves montraient beaucoup de bonne volonté ; j'ajoutais que nous avions interprété un poème de Robert Browning et résolu deux équations d'algèbre. Je me faisais du thé et du porridge, et je passais le reste de la journée à lire la À la recherche du temps perdu. J'ai lu dans la réserve toutes les grandes œuvres littéraires que je me reprochais auparavant de ne pas avoir lues. Ce fut toujours ça de pris à mon sentiment de culpabilité.

Après la réserve, il y a eu Aran. Deux ans là-bas.

Aran est une île charmante, au large de l'Irlande, baignée par le Gulf Stream ; c'est pourquoi on trouve des palmiers dans cette contrée presque nordique. Il faut voir ses grottes où se réfugiaient autrefois les rois guerriers de Norvège ; ses magnifiques taureaux roux, ses campagnes verdoyantes. Le climat y est doux, les habitants sont aimables, on y boit des whiskies sans pareils. C'est ce que disent les dépliants publicitaires.

L'Aran que j'ai connu est un village du Yukon situé à la frontière de l'Alaska, et son nom lui vient de quelque prospecteur originaire d'Écosse. Presque tous les villageois vivent de la mine de zinc qui se trouve en bordure du village. Deux cents mineurs avec femmes et enfants ; quelques fonctionnaires de l'administration territoriale ou fédérale ; un bureau de poste, quatre églises, trois succursales bancaires, une école, où j'enseignais les sciences et l'anglais ; pas de trottoirs, dix mois d'hiver par année, tout le monde se promène en motoneige. C'est un bon endroit pour la chasse au caribou et à l'ours.

Il n'y a ni taverne ni magasin d'alcools dans le village : c'est pour empêcher les Indiens de boire, car les Indiens boivent comme des sauvages, c'est

144

connu, tous les habitants du lieu vous le diront ; c'est pour empêcher également les mineurs de boire toute leur paie, parce qu'ils aiment l'alcool eux aussi, vous n'avez qu'à le demander aux Indiens. Le seul endroit où il est permis de boire, c'est à la Loge d'Orange locale, un lieu d'où les catholiques, les Juifs, les Noirs et les Indiens sont normalement exclus, un lieu réservé aux anglo-protestants de race blanche seulement, s'il vous plaît. Cependant, comme il y a peu de monde à Aran et que le club serait contraint de fermer ses portes s'il appliquait sa politique d'exclusion, on admet tout le monde. Les Sikhs, qui sont les derniers arrivés au village, y célèbrent des mariages le dimanche après-midi, et les habitués se plaignent des odeurs d'encens et d'huile qui traînent dans l'air longtemps après. Les Indiens fréquentent aussi le lieu ; on les tolère volontiers étant donné qu'ils ne font pas beaucoup de bruit. On laisse également entrer les Canadiens français, le gérant de la Banque Royale, qui est un catholique de Dublin, et le seul médecin du lieu, qui est juif. Personne n'oserait contester la politique officielle de discrimination de la Loge d'Orange, car Aran perdrait le seul endroit ayant un permis d'alcool valide, et il faudrait attendre des années pour en obtenir un nouveau.

Pour acheter de l'alcool, il n'y a qu'à franchir la frontière et à passer aux États-Unis, en Alaska, où il se vend pour presque rien. Le tabac aussi y est bon marché parce que les Américains imposent moins le vice que les Canadiens. Autant le dire d'entrée de jeu, tout est moins cher aux États-Unis, si bien que tous les habitants d'Aran font leur marché dans la localité outre-frontière qui porte le joli nom de Marseille, Alaska. Le prospecteur qui a fondé cette localité n'était pas, comme on l'aurait cru de prime abord, originaire de Provence. Non, c'était le même prospecteur qui avait fondé Aran en face et qui rêvait de voir Marseille un jour. Comme tous les Aranais s'approvisionnent aux États-Unis, il n'y a pas d'épicerie à Aran, pas moyen de trouver de journaux ou de revues non plus. Mais ce n'est rien, vous dit-on tout de suite quand on débarque à Aran : les États-Unis sont juste à côté.

C'est vrai. D'ailleurs, personne ne sait au juste où se situe la frontière. Il n'y a ni cours d'eau, ni obstacle naturel pour en indiquer la présence. Il y a bien des écriteaux quelque part qui vous souhaitent la bienvenue aux États-Unis d'Amérique ou au Canada, mais comme ils sont ensevelis sous la neige le plus clair de l'année, personne n'en fait cas. Chacun va et vient comme bon lui semble, comme sur une terre sans hommes.

En raison de cet état de choses, l'organisation de la vie communautaire prend parfois des allures absurdes. Par exemple, comme il n'y a qu'une centaine d'habitants à Marseille, l'État de l'Alaska n'a jamais jugé bon d'y faire construire une école ou un hôpital. Alors les Américains envoient leurs enfants à l'école canadienne d'Aran, où on leur enseigne que leur pays a été fondé par des coureurs de bois français et que l'hymne national est bilingue. Les Américains se font aussi soigner à l'hôpital canadien pour presque rien puisque l'assurance-maladie est étatisée chez nous. En échange, les Canadiens s'approvisionnent à bon marché chez les Américains. Les deux villes étant collées et les habitants des deux pays se connaissant si bien, tous les échanges de services sont imaginables. Ainsi, si un incendie éclate à Aran ou à Marseille, les pompiers volontaires des deux municipalités se précipitent sur les lieux. Comme il n'y a qu'un shérif à Marseille, employé à temps partiel par mesure d'économie, on appelle les membres de la Gendarmerie royale du Canada lorsqu'un délit est commis. On arrête le contrevenant, et on le détient en attendant que le shérif ait fini son quart à la mine. Les gendarmes canadiens interviennent donc régulièrement dans les affaires internes américaines. Personne ne dit un mot, la direction générale de la Gendarmerie royale à Ottawa ferme les yeux, même si, officiellement, elle prétend que les opérations de police outre-frontière sont interdites par le droit international. Là-bas, tout le monde s'en fout, et le gendarme le plus zélé est tôt ou tard contraint d'admettre que la solidarité entre ces deux bourgades nordiques prime tous les traités de droit international. Personne ne paie de droits de douane, les agents de l'immigration des deux pays ne viennent jamais, c'est le paradis de la contrebande et de la tricherie administrative. Du côté alaskan, on ne respecte même pas le temps officiel : le fuseau horaire commençant arbitrairement à la frontière, il devrait y avoir une heure de décalage entre les deux localités, mais là encore, tout le monde s'en fout, on vit à l'heure canadienne. Il n'y a que le bureau de poste de Marseille qui marque l'heure américaine officielle, car la maîtresse de poste n'a pas le choix : le règlement, c'est le règlement. On remarque cependant que sa montre est toujours à l'heure d'Aran.

Tout le plaisir de vivre dans une localité nordique est là. Les mots, les idées, les diverses inventions provenant des civilisations européennes prennent dans ces lieux des sens autres. La loi de la gravité ne s'applique pas toujours. Les préjugés sont allégés, les nationalités s'effacent devant les obligations humanitaires. Le territoire est trop vaste, la nature trop sauvage, le climat trop dur pour qu'on s'arrête à des détails comme les frontières, les langues, les cultures, le passé et l'avenir. C'est le seul endroit du Canada que j'ai quitté à regret.

Après Aran, j'ai voulu aller me cacher à Vancouver.

Je ne suis pas allé très loin : à Manawaka. Le troisième jour, elle m'a demandé : « T'as vraiment envie de continuer seul ? On pourrait aller à Toronto... » J'ai dit oui. Elle s'est jetée à mon cou, nous avons baisé sur-le-champ, puis elle m'a dit, pour la première fois, qu'elle était désormais amoureuse de moi.

Nous sommes partis le jour même. Le voyage a duré dix ans.

Résumons. Je n'ai jamais aimé Zorah. Elle ne m'a jamais inspiré de folie. Je n'aurais pas trahi mon meilleur ami pour elle, je n'aurais pas renoncé à un gros héritage pour la garder. Non, rien de tout ça. Le souvenir amoureux de Manawaka était la seule raison pour laquelle je lui vouais de l'affection. Je m'y étais trouvé sublime et elle m'avait paru belle dans sa vulnérabilité du moment.

Zorah avait cependant une qualité que j'admirais par-dessus tout : elle avait réussi à faire litière de sa mauvaise conscience, et j'espérais l'imiter à son contact. C'était la seule pensée qui m'attachait concrètement à son destin.

Le matin du quatrième jour de notre vie commune, Zorah et moi avons acheté pour trois cents dollars un gros tacot américain aux pneus presque neufs et nous nous sommes dirigés vers Toronto. Nous avons mis trois jours pour faire le voyage. Nous dormions dans la voiture et nous préparions nos repas sur mon petit réchaud. Cela a tenu lieu de voyage de noces.

Nous ne nous disputions jamais, ce qui était bien. D'ailleurs, nous ne nous sommes à peu près jamais disputés. Lorsqu'elle voulait quelque chose et que je m'y opposais, elle avait l'habitude de dire, après avoir plaidé sa cause : « Maintenant, qu'est-ce qu'un homme intelligent ferait à ta place ? » C'était toujours le moment où je disais comme elle, et elle me félicitait de réfléchir avec tant de justesse. Le soir de notre arrivée, nous avons pris les chambres les moins chères en ville. Elle était installée au YWCA et moi, à la porte à côté, au YMCA. Nous devions désormais être prévoyants, disait-elle. L'idée était bonne, mais le seul inconvénient, c'est qu'il fallait loger séparément ; on n'admettait pas de couples dans ces établissements. La nuit, nous nous disions bonsoir devant les deux hôtels. (Depuis cette époque, je prétends qu'il ne faut jamais poser la question des rapports sexuels avant le mariage, mais plutôt celle des rapports sexuels pendant le mariage.) Très vite, nos baisers ont commencé à manquer de chaleur ; nous étions fatigués d'avoir marché toute la journée à la recherche d'un emploi, mais moi, je m'endormais en couchant avec elle dans ma tête. Quand je lui demandais si elle pensait à moi en s'endormant, elle répondait qu'elle était trop fourbue pour ça. Sa franchise me peinait, mais je me gardais bien de le lui dire. De toute façon, elle ajoutait chaque fois que tout reprendrait comme avant dès que nous aurions trouvé de quoi vivre et de quoi nous loger. Elle se trompait : rien n'est jamais redevenu comme avant, comme au temps de Manawaka.

Je n'avais aucun goût pour l'aventure des deux jeunes immigrants qui partent à la conquête de Toronto. La seule chose que je voulais de Zorah, c'était lui faire l'amour comme à Manawaka. Pour orienter nos conversations vers la question du sexe, je faisais semblant de m'intéresser à ses projets. « Ce

matin, disait-elle, j'ai été à une agence de place-
ment, et là, je crois que ça va marcher. Une petite
maison d'édition cherche un employé à tout faire :
réceptionniste, dactylo, commis-comptable, responsable de l'expédition des livres. La maison a l'air
désorganisée, elle appartient à une espèce de gauchiste qui l'a fondée avec un petit héritage ; il
publie surtout des livres de gauche, ça ne le paie pas
beaucoup, mais que veux-tu ? Je pense que ce serait
un bon endroit où commencer. Dans l'édition, on
se fait vite des relations, et de là, je pourrai aller
ailleurs. Alors, je me suis présentée à l'entrevue de
sélection ; lorsque je lui ai révélé que j'avais été
assistante sociale, le pauvre homme m'a demandé
d'un air inquiet si je voulais écrire un livre là-
dessus ; je l'ai rassuré en lui disant que j'étais surtout
intéressée à faire vendre les livres qu'il avait déjà en
entrepôt. Je crois que je lui ai plu. Mais qu'est-ce
que t'as à me regarder comme ça ? » Sur le coup, j'ai
eu envie plus que jamais de m'en aller, mais je ne
l'ai pas fait, cette fois-là, comme les autres, pour ne
pas qu'elle pense du mal de moi.

Le lendemain, elle a eu la place, et pour ne pas
être en reste, je me suis fait embaucher comme
messager-cycliste dans une petite boîte spécialisée
dans les livraisons au centre-ville. Ce n'était pas
grand-chose mais elle était contente.

Elle n'a pas tardé à se faire aimer de son éditeur, qui l'a promue directrice du marketing de la
maison ; il était pauvre, mais il avait des titres
ronflants à en revendre. À chaque succès qu'elle
remportait, je me sentais obligé d'en faire autant.

Au bout de trois semaines, comme on trouvait que j'avais de l'initiative, on m'a offert le poste mieux rémunéré de répartiteur.

Nous avons quitté et le YWCA et le YMCA pour un appartement miteux de la rue Queen, à l'étage au-dessus d'un restaurant chinois. Je n'avais jamais vu de trou plus crasseux, le locataire précédent était un pianiste arménien qui n'avait aucun talent pour la propreté. Avec sa longue fréquentation des miséreux, Zorah ne s'est nullement émue. Elle m'a amené chez Honest Ed, le marchand qui vend de tout, où nous avons acheté une tonne de produits nettoyants. Nous avons frotté et astiqué pendant trois jours ; après, c'était tellement propre que nous baisions sur le plancher.

Nous avons récupéré la voiture et trouvé des meubles un peu partout. Un sofa dont un voisin voulait se débarrasser, un vieux lit à la décharge publique que Zorah a remis à neuf, le temps de le dire, avec des outils empruntés à notre propriétaire. Nous avons trouvé aussi un réfrigérateur et une cuisinière usagés mais en état de marche. C'était facile, tout le monde jetait tant de choses à Toronto, il n'y avait qu'à se baisser pour se servir. Elle faisait la contremaîtresse et s'occupait de la décoration intérieure. En moins de quelques semaines, nous avions un intérieur convenable. Elle se levait tous les matins en chantonnant et je m'endormais contre elle le soir.

J'ai même déniché un emploi de garçon de table la fin de semaine pour arrondir mon revenu, et avec ce supplément nous avons acheté de la

vaisselle neuve et du tissu pour faire des rideaux.
Tout se passait vite. Un matin, elle s'est fait friser
les cheveux pour être à la mode. Je suis allé la chercher au salon de coiffeuse, elle était plus belle qu'à
Manawaka. Au moment de partir, elle m'a montré
la jeune femme qui lui avait changé la tête, une
petite Algérienne du nom de Zorah. Elle a dit :
« Tu ne trouves pas que c'est un beau nom ? Zorah,
Zorah... »

Le soir même, elle s'est décidée : « J'en ai assez
de m'appeler Denise Hershowitz. Ça fait vulgaire, il
me semble. Avec un nom comme ça, on sent le
hareng mariné à dix pieds. Si ça ne te dérange pas
trop, je m'appellerai désormais Zorah. Zorah
Winter... Ça ferait plus sérieux dans l'édition. Ça
tomberait drôlement bien parce que j'ai décidé de
changer de maison. Mon éditeur est gentil mais il
est nul en affaires. J'entre donc chez un concurrent,
qui est gauchiste, lui aussi, mais qui veut faire de
l'argent, au moins. Qu'est-ce que t'en penses ? Pour
les papiers, je n'ai qu'à voir un avocat ; dans deux
mois, tout sera fait. » Le lendemain, elle m'a
montré sa carte de visite : Zorah Winter, directrice
administrative, Éditions du Trillium.

En peu de temps, grâce aux relations qu'avait Zorah dans le milieu littéraire, j'ai décroché un emploi de rédacteur de nouvelles dans une petite station de radio. C'était bien peu, je n'étais employé qu'à temps partiel, je prenais mon service à quatre heures du matin en plus, mais j'avais l'air de faire quelque chose qui comptait. Le soir où nous sommes allés dîner chez son éditeur, son troisième, Zorah m'a présenté avec ces mots : « Calvin Winter, mon mari. Il est journaliste. »

Je me suis pris au jeu : j'ai voulu impressionner Zorah. Un jour, mon collègue, le directeur des sports, m'a demandé si je serais disposé à agir en tant que nègre. Un joueur de hockey retraité de sa connaissance voulait écrire ses mémoires, et comme il était presque analphabète, il avait besoin d'un coup de main. Si les ventes marchaient bien, avec le pourcentage que j'aurais, je pourrais gagner dix mille dollars. Ce n'était pas compliqué. Je n'avais qu'à me pointer chez le type, actionner un magnétophone, le faire parler de tout et de rien, puis me documenter un peu pour vérifier les faits. Si j'arrivais à trouver le ton juste, à mettre un brin de syntaxe dans son jargon de vestiaire et, avant tout, à extirper de sa mémoire quelques histoires juteuses sur les habitudes des vedettes qu'il avait côtoyées, une bonne vente était assurée.

Le mémorialiste était employé de ferme à cent kilomètres au nord de Toronto. Un dur à cuire qui avait à peine quarante ans et qui en paraissait soixante. Il avait surtout fait carrière comme boxeur dans la Ligue nationale de hockey, et il tenait à raconter comment il avait donné une raclée à tel autre dur à cuire de Chicago ou de Boston. C'était un brave homme qui avait gagné un argent fou pendant sa carrière et qui avait tout perdu à cause des cartes, des femmes et de l'alcool, et il avait quelques conseils à donner aux jeunes fous talentueux qui seraient tentés de l'imiter. Ce serait donc un livre moral.

J'ai dû me documenter beaucoup avant la première entrevue étant donné que je ne connaissais rien au hockey ; je ne savais même pas qui il était au juste, j'avais un peu joué dans ma jeunesse au collège de la Toussaint, mais strictement parce qu'on nous y obligeait.

À la première entrevue, fidèle à moi-même, avec cette lâcheté qui me poussait au conformisme, pour réchauffer l'atmosphère, je lançais des noms en l'air, je ricanais d'un air entendu quand il parlait de telle patinoire où il s'était battu. En me reconduisant à la voiture, il a mis sa grosse patte sur mon épaule : « Écoute, mon grand, je veux bien travailler avec toi parce que rien qu'à voir le genre de voiture que tu conduis, on comprend que t'as besoin d'argent autant que moi. Donc, si tu veux qu'on reste amis, essaie pas de faire le dur qui connaît tout. T'as qu'à m'écouter parler : t'en apprendras bien plus que dans tous les livres niaiseux que t'as lus. D'ailleurs, tu m'as plutôt l'air du genre plus doué à se faire rentrer des rondelles de hockey dans le cul qu'à les mettre dans le but. Ça fait que, si t'es d'accord, arrête de te faire passer pour un gars qui a déjà joué, et lâche pas ta machine à écrire. Excuse-moi d'être franc, mais le fumier, j'en pellette déjà à longueur de journée, O.K. ? Comme ça, on fera un bon livre qui me sortira de la ferme de mon frère où je m'éreinte pour un salaire de famine. Et toi, t'auras les moyens d'écrire tes livres de tapettes intellectuelles, O.K. ? » J'étais d'accord.

Je ne peux pas dire aujourd'hui que j'aime le hockey ou que j'y connais quelque chose, mais j'ai adoré faire ce livre. Les entrevues ont duré soixante heures, j'ai appris à aimer son ton et même ses souvenirs. La nuit, quand Zorah dormait, je transcrivais les bandes avec plaisir ; j'aimais refaire ses phrases mal construites de petit gars de la campagne pousseur de rondelles qui sacre comme un cochon. Le métier de nègre m'allait comme un gant : j'avais passé toute ma vie à être un autre que moi-même.

Je me suis crevé pour lui remettre mon premier chapitre, je le lui avais emballé comme un cadeau, j'étais tellement heureux de lui montrer son livre et le mien, le premier pour nous deux. Quand je le lui ai remis, fatigué et fier, il m'a dit d'un air triste : « Écoute, mon gars, t'es très gentil, mais si je savais lire, penses-tu que j'aurais signé tous les contrats qui ont fait que je suis cassé comme un clou aujourd'hui ? Si tu veux que je le lise, il faudra que tu me le lises à voix haute, compris ? » Ce fut ma première leçon dans la profession où je venais d'entrer : les auteurs de livres biodégradables dans ce genre-là lisent rarement les livres qu'ils écrivent.

Notre collaboration a duré quatre mois et a produit un livre comme il s'en vend d'habitude en automne : une biographie de hockeyeur adulé par son public et floué par les hommes d'affaires qui corrompent ce noble sport avec leurs gros doigts sales. Le mémorialiste a fait la tournée des stades, des stations de radio et de télévision, habillé du seul costume et de la seule cravate qu'il possédait. Son éditeur travaillait bien, sa relationniste aussi, et il faut dire que le bonhomme savait se débrouiller devant les caméras et les micros. Il commençait ainsi toutes ses interventions médiatiques : « Dans l'autobiographie que j'ai écrite sur ma propre vie... » On trouvait cela sympathique, ça faisait homme de la rue qui se raconte. Le livre a même été traduit en français par un journaliste d'un quotidien montréalais, et la version française contenait autant de fautes de syntaxe que l'original. Un beau travail.

Mon client était heureux. Son livre l'a sorti de l'anonymat impécunieux auquel l'avait condamné l'imprévoyance de sa jeunesse (c'est ce qui était écrit sur la quatrième de couverture de l'édition de poche). Il a quitté la ferme de son frère et accepté un poste d'éclaireur pour une équipe de la Ligue nationale.

Ayant fait un fric fou avec un minimum de frais, mon éditeur m'a commandé une autre autobiographie, celle d'une jeune héroïnomane repentie. Avec la rétribution de dix mille dollars,

Zorah et moi avons acheté notre première maison dans un quartier riche à l'air soigneusement délabré. Avenue Brunswick, dans l'Annexe. Avec l'avance sur la deuxième commande, j'ai acheté une petite voiture sport. Zorah était heureuse. À Noël, cette année-là, elle m'a offert des pantoufles, et de moi, elle a reçu un pyjama.

J'en suis vite arrivé à ne plus faire que des autobiographies, j'ai même quitté mon emploi de journaliste à la radio. Mon troisième sujet a été une dame qui avait fait une longue carrière en politique. Cette biographie scandaleuse s'est encore mieux vendue que les autres. Avec l'argent gagné, on a rénové la maison. La quatrième biographie, celle d'une petite chanteuse canadienne sans voix qui avait fait carrière à Hollywood où elle avait couché avec tous les grands noms du cinéma américain, m'a permis d'acquitter l'hypothèque.

Je me suis beaucoup amusé au jeu de l'écrivain à gages. Vous ne le savez peut-être pas, mais je suis l'auteur de plusieurs best-sellers : des modes d'emploi de cannes à pêche et de Cocotte-minute surtout. J'ai également été la doublure d'une dame qui tenait un courrier du cœur dans un quotidien. Il fallait inventer les questions et les réponses ; rien de plus facile. « Madame, j'ai les seins flasques et je crains que mon mari ne préfère un jour une femme au buste plus ferme. Que dois-je faire ? » (C'était signé : « Une inconnue qui vous admire. ») « Chère inconnue, me répondais-je, faites tremper vos seins dans une cuvette remplie d'eau froide dix minutes tous les soirs. Vous verrez, c'est un remède souverain. J'avais le même problème, et si mon mari m'a quittée, c'était pour d'autres raisons. » Encore aujourd'hui, je suis un fervent lecteur de ces rubriques, mais c'est surtout pour voir si l'imagination se porte bien.

C'est quand tout allait bien que Zorah a décidé qu'il était temps de déménager. Il y avait déjà six ans que nous étions à Toronto. Elle avait accepté un poste au Conseil des Arts à Ottawa. Nous avions besoin de changer d'air, disait-elle.

Bon, d'accord, si tu veux. Je rêvais toujours de Manawaka, et je me faisais croire que je ne me sentais plus coupable de rien.

Aussitôt arrivée à Ottawa, Zorah a fait l'acquisition pour nous de cette maison de la Côte-de-Sable devant laquelle je resterais planté durant des mois. Dans le temps, cette maison avait été négligée. Après six mois de vie à l'intérieur, Zorah en avait fait une demeure recherchée. Elle s'est mise à y inviter des architectes spécialistes de la restauration patrimoniale, et la maison est devenue un modèle célébré dans les revues d'architecture et de décoration intérieure. On y faisait de superbes photos, et le nom de Zorah Winter s'est vite installé dans le circuit mondain d'Ottawa.

Ses fonctions la faisaient circuler beaucoup, elle allait dans tous les salons, et au bout de deux ans, c'était à elle qu'on demandait quel restaurant était à la mode, lequel ne l'était plus ; chez qui il fallait s'habiller et dans quelle maison on s'amusait le plus. On s'est mis à la craindre parce que ses bons mots faisaient et défaisaient les réputations. « Êtes-vous allée dernièrement chez Mme Van den Broek, la femme du marchand de meubles ? Allez-y. C'est la seule maison à Ottawa où les divans donnent envie de faire l'amour, et sa cuisinière fait les seuls croissants mangeables dans cette ville. » On l'écoutait, on souriait, on se battait pour lui offrir des canapés.

Zorah la débrouillarde m'a fait admettre dans la confrérie des nègres politiques. On l'aura deviné, il fallait surtout écrire des discours ; je travaillais rapidement, et dans la plus parfaite discrétion. On me payait et je disparaissais. J'en suis vite venu à être la voix de tous les partis représentés à la Chambre des communes. Il m'arrivait parfois d'entendre à la radio le ministre de la Défense exposer la politique de défense du Canada ; le critique du gouvernement fantôme néo-démocrate lui donnait ensuite la réplique. C'étaient deux textes que j'avais écrits, l'un avec le ton serein du gouvernement qui voit loin, l'autre avec l'indignation qui sied à une personnalité d'opposition vitupérant un gouvernement sclérosé.

C'était si facile et si payant que j'ai fini par craquer. Une nuit, je suis allé livrer une philippique au chef de la Loyale Opposition de Sa Majesté et j'ai décidé sur le chemin du retour que ma carrière d'auteur de l'ombre venait de s'achever. Le soir même, j'achetais la librairie *Scholar's Bookstore* de la rue Friel. J'ai décidé aussi qu'il était temps de causer avec Zorah. De lui parler pour une fois, pour une première fois, à cœur ouvert.

Cette conversation n'a jamais eu lieu. Zorah n'a rien dit lorsque j'ai changé de carrière. Elle n'a rien dit lorsqu'elle m'a vu faire de longues stations oisives à la librairie. J'y passais des heures à faire l'inventaire, comme je disais, mais en fait je lisais les livres que je comptais vendre. Souvent, je n'ouvrais même pas la porte aux chalands. Elle s'est fâchée seulement lorsque je me suis mis à retomber dans mon vieux sentiment de culpabilité : donner à un pauvre dans la rue l'écharpe qu'elle m'avait offerte, par exemple.

Je suis aussi responsable qu'elle de ce silence. Curieusement, je tenais à ce qu'elle conserve une bonne opinion de moi, et je craignais de perdre moi-même cette belle image de moi en la quittant. Ce n'était donc pas moi qui allais engager le dialogue.

Un soir où nous nous préparions à sortir et où, comme à l'accoutumée, elle se maquillait complètement nue devant le grand miroir de notre chambre à coucher, Zorah a dit : « Calvin, pourquoi tu parles tout seul comme ça ? » C'était une habitude que j'avais toujours eue, surtout dans les moments où je récrivais des manuels d'histoire. « Tu sais, Calvin, depuis quelque temps, tu parles souvent seul. Quand tu as commencé à faire ça, ça ne dérangeait jamais, je le remarquais mais sans plus. L'autre soir, chez les Gray, tes monologues étaient vraiment audibles. Peut-être que tu travailles trop. Tu devrais voir un médecin. Ce n'est pas normal. » J'étais déjà habillé pour le concert ; de mon fauteuil, je voyais son image nue dans le miroir. Je la regardais mais je ne pouvais rien dire, Zorah était trop forte pour moi dans les discussions, elle gagnait tout le temps. Elle avait cessé de se peigner et elle mettait ses bijoux lentement, très lentement. Tout à coup, elle m'a relancé : « Manawaka ? Pourquoi me parles-tu de Manawaka maintenant ? Calvin... Qu'est-ce que t'as ? »

Elle m'avait surpris dans mon silence, j'étais

piégé comme un rat. « Calvin, pourquoi tu pleures ? » Son image a quitté le miroir, elle est venue s'asseoir sur moi dans un mouvement de tendresse. J'ai senti mes vêtements s'imbiber de son odeur de crème de pêche, du parfum marin de son sexe. Je ne suis pas trop sûr aujourd'hui de ce que j'ai fait alors, mais je sais qu'elle a crié : nous étions sur le plancher, et j'étais sur elle, je lui faisais mal. Nous ne sommes pas sortis ce soir-là. Je ne savais plus très bien où j'en étais et elle n'avait plus envie de se montrer en ville.

Le pire, dans une dépression nerveuse, c'est qu'on se souvient après de toutes les folies qu'on a faites et dites. Je me rappelle trop bien ce qui s'est produit pendant ces neuf mois. Je prenais des doses de médicaments très fortes et je dormais dix-huit heures par jour. Je ne travaillais plus, évidemment ; je ne lisais pas, j'étais trop fatigué ; je passais mes heures de réveil à compter les verres et les couverts qu'il y avait dans la maison, et j'avais un souci d'ordre que je ne m'étais pas connu auparavant. Il m'arrivait de faire des colères terribles à Zorah lorsqu'elle laissait traîner un chandail sur un sofa du salon ; je comptais les pois dans mon assiette et je me fâchais si j'oubliais combien j'en avais mangés ; je passais des heures devant l'église anglicane Saint-Alban-Martyr, rue Daly, à compter les briques dans les murs, et je retournais les compter quelques jours plus tard pour m'assurer qu'il n'en manquait pas, et si je me trompais dans mes calculs, je me figeais pendant des heures devant l'église. Au début, alertée par la police ou un passant de notre connaissance, Zorah venait me chercher en voiture ; plus tard, épuisée par mes résistances, elle m'apportait à goûter et attendait que je rentre.

Zorah a été très bonne tout ce temps-là, une vraie sainte. Elle ne me laissait jamais seul. Elle a embauché une infirmière visiteuse qui me tenait compagnie le jour. Elle a congédié quatre psychiatres qui ne sont pas arrivés à me faire dire la cause de ma dépression. Mais le jour où elle m'a retrouvé assis sur le bord du trottoir, devant la maison, à pleurer un écureuil noir qu'une voiture avait écrasé, elle a appelé l'ambulance. Je suis resté interné quatre mois.

On m'a donné mon congé un matin de mai ; je suis rentré en taxi, Zorah n'avait pas eu le temps de venir me chercher. Il y avait un écriteau sur la pelouse : À VENDRE. J'ai pensé un instant que je m'étais trompé d'adresse. Zorah m'a embrassé et fait asseoir au salon. Il y avait du bruit à l'étage. Je lui ai demandé qui était là. Elle m'a dit que c'étaient les déménageurs.

« Calvin, tu es sorti de l'hôpital un jour trop tôt. Si tu étais arrivé demain, tu n'aurais plus trouvé personne ici. Je t'avais écrit une lettre. Écoute, ça ne sert à rien de se raconter des histoires... La dernière année a été extrêmement pénible pour nous deux. Vivre ensemble, ça n'a plus de sens. J'ai fait ce que j'ai pu pour t'aider, pour nous aider, mais ça n'a servi à rien. On doit se séparer. J'ai attendu le temps qu'il fallait pour que tu te remettes un peu. Maintenant, je pense que tu peux absorber le choc, reprendre ton équilibre et refaire ta vie. Moi, je m'en vais.

« Tu le sais pourquoi je m'en vais. Vivre avec un déprimé, c'est infernal. Pardonne-moi... »

Elle s'est mise à pleurer. Je ne savais plus quoi faire. Elle s'est levée, elle est allée dans la cuisine. Les déménageurs en haut faisaient de plus en plus de bruit. Il était midi, elle a préparé du thé et des sandwichs, elle ne pleurait plus. Je me suis assis à la petite table de la cuisine, j'avais faim, moi aussi. Elle a repris son ton calme.

« J'ai vécu l'enfer, Calvin, c'est la vérité. Il n'y avait plus moyen de respirer ici dedans avec ton goût maniaque de l'ordre. Tu restais des jours, des semaines sans parler. Quand tu ouvrais la bouche, c'était pour dire le mot magique, " Manawaka ". Je n'ai jamais compris ce que tu entendais par ce mot. Tu passais toutes tes journées enfermé dans ton cabinet. Tu prenais tant de médicaments que tu étais complètement chaponné. J'ai parlé à ton psychiatre, le dernier que tu as eu, il m'a révélé que tu augmentais tes doses. Comme si tu voulais me forcer à partir.

« Je reconnais tes qualités, Calvin, mais après toutes ces années, je ne sais pas vraiment qui tu es. Je ne sais pas pourquoi tu es avec moi, ni si tu m'aimes vraiment. J'ai même pensé que tu faisais cette dépression exprès pour te débarrasser de moi. Mais tu ne dis jamais rien, c'est tellement difficile. Dis-le-moi, Calvin, m'as-tu déjà aimée ? »

J'ai attendu un moment. Elle venait de servir le thé et les sandwichs.

« Non.

— T'aurais pu le dire avant... T'as faim ? »

Nous avons commencé à manger nos sandwichs au jambon et au fromage faits avec le pain de seigle que nous achetions religieusement toutes les semaines à la boulangerie juive de la rue Rideau. Au milieu d'une bouchée, j'ai éclaté en sanglots. Elle m'a dit en reniflant :

« Ne pleure pas, Calvin, on mange.»
Elle avait raison, ce n'est pas poli. Je n'avais
plus faim. J'ai sorti ma pipe et mon tabac.
« Ne fume pas, Calvin, s'il te plaît.
— Pourquoi, t'es enceinte ?» J'ai dit ça pour
faire le drôle.
« De trois mois. Il y a un an, tu te souviens, je
voulais qu'on ait un enfant. Maintenant qu'on était
bien installés, je trouvais que c'était le temps. Je
t'en ai parlé, tu n'as rien dit comme d'habitude. Tu
avais l'air d'accord, j'ai pris l'initiative.
« Alors j'ai voulu consulter un bon gyné-
cologue-obstétricien. En faisant enquête, j'ai
retrouvé le nom d'un ancien camarade de l'Université de Winnipeg, il étudiait la médecine à
l'époque ; c'est lui qui m'a fait avorter deux fois,
dans le temps. Je suis allée le voir, il m'a reconnue,
il m'a examinée, il m'a demandée en mariage dans
son bureau. Il est célibataire, sa pratique va très
bien, il veut se marier, avec une Juive de préfé-
rence, il veut des enfants. Au début, j'ai trouvé
l'histoire plutôt comique. Mais après, je l'ai pris au
sérieux quand j'ai vu que ça ne marchait plus
entre nous. Il me téléphonait tous les jours, il me
couvrait de cadeaux chaque fois que j'allais à
Toronto.
« Il m'a séduite, ou plutôt, je me suis laissé
séduire par lui. J'attends un enfant, nous allons nous
marier dans trois semaines, je pars le rejoindre. J'ai
mis la maison à vendre, elle était à mon nom, parce
que j'ai pensé que ça vaudrait mieux pour toi. Je ne
veux pas un sou, je ne prends que mes affaires. Avec

167

la vente de la maison, tu auras largement de quoi refaire ta vie. As-tu des questions ? »

Si j'ai des nouvelles de Zorah aujourd'hui, c'est grâce au carnet mondain d'un quotidien torontois. Il m'arrive de temps à autre de lire que Zorah Katz était présente au cocktail donné en l'honneur d'un grand écrivain étranger en visite dans la Ville-Reine. Elle a changé de tête ; avec sa chevelure teinte en noir, elle a le visage austère d'une veuve sicilienne. Elle a deux enfants, elle vit dans un manoir de Rosedale où l'on reçoit beaucoup : des poètes, des musiciens, des peintres, des autobiographes argentés. Je me dis qu'elle est heureuse.

Je pensais avoir fait une dépression nerveuse.
Je n'avais encore rien vu. Les deux années qui ont
suivi ont été épouvantables. La dépression d'origine
obsessionnelle compulsive que j'avais vécue avec
Zorah n'avait fait que remplacer ma conscience
coupable refoulée ; Zorah partie, j'ai fait une dépression pour Zorah seulement.

Pour m'occuper un peu, je me suis fait concierge du bien nommé Balmoral, et je conservais
mon commerce de livres d'occasion qui marchait
tout seul. Le jour, la nuit, je me plantais devant
notre ancienne maison et je parlais avec Zorah. Je
lui racontais nos souvenirs communs, je lui avouais
des remords, je lui disais comment j'allais, ce que je
faisais pour passer le temps ; des fois, je lui
demandais de revenir. Je n'ai jamais vu les propriétaires suivants.

Un jour d'automne, la porte de la maison s'est
ouverte. Un vieux monsieur élégant est sorti, un
porte-cigarettes à la main.

« Ne dites rien. Je sais que Jésus n'est pas né un
25 décembre et que la fin du monde est proche.
C'est ça ? »

Je devais avoir l'air ahuri.

« Vous n'êtes pas témoin de Jéhovah ? Mor-
mon peut-être ? Eux aussi, je les connais, et je peux
réfuter tous leurs arguments un par un. Essayez un

peu pour voir, je suis un rhéteur dangereux, vous risquez de repartir dans une heure complètement athée. C'est déjà arrivé à d'autres avant vous, alors je vous préviens. »

Je ne comprenais toujours pas.

« Je m'appelle Pigeon. Professeur de lettres classiques à la retraite, autrefois mauvais poète. Moyennant le gîte et le couvert, lequel est d'ailleurs fort bon, je garde la maison que vous persécutez de vos regards. Si vous me jurez que vous n'êtes pas un missionnaire, je vous invite à partager mon dîner. C'est que je suis très seul, vous voyez, et j'avoue que vous m'intriguez. J'ai fait des cailles au fenouil, j'ai un chianti remarquable. Je m'apprêtais à prendre l'apéritif, venez, nous dînerons ensemble, je vous raconterai ma vie et vous me raconterez la vôtre, elle a l'air aussi ennuyeuse que la mienne. Entrez... Faites comme chez vous. »

Alors a débuté une longue amitié thérapeutique pour moi. Je lui ai tout dit de moi et il a tout pardonné, tout expliqué. En échange, il m'a raconté sa vie de poète raté, de savantasse modeste. Nous sommes devenus des amis par la confidence et des rivaux en cuisine fine. Il m'a appris à faire cuire les ris de veau, je lui ai fait découvrir le gibier.

Et un soir, il m'a dit : « J'ai quelqu'un à vous présenter. Elle a accepté de vous rencontrer, ce qui est un grand privilège, car elle est un peu sauvage. Moi-même, je l'aurais volontiers séduite dans le temps, mais j'ai passé l'âge. Vous l'aimerez, j'en suis certain. »

Alors est entrée une femme au visage jeune

mais aux cheveux tout gris. Nous avons fait connaissance, et vers la fin de la soirée, elle a dit qu'elle cherchait une maison à louer. C'est de cette façon que j'ai connu Maud Gallant.

ÉPILOGUE PROVISOIRE

J'ai demandé à Maud si elle accepterait de vivre avec moi. « On en reparlera une autre fois, tu veux ? » C'était le lendemain de l'enterrement du professeur Pigeon.

Il y a déjà un an qu'on se voit presque toutes les nuits. C'est moi qui reconduis la petite à l'école le matin. J'ai râtelé les feuilles l'automne dernier, j'ai pelleté l'entrée de la maison tout l'hiver, je jardine ces temps-ci ; avant-hier, j'ai repeint la cuisine. Elle n'a qu'à dire un mot, et je l'emmène chez l'avocat pour la déclarer copropriétaire de la maison. Je sais pourquoi elle a refusé de parler de vie commune après l'enterrement de notre ami. C'est parce qu'elle a cru que j'essayais de la consoler. Elle déteste qu'on la prenne en pitié. Je me le tiens pour dit. Un faux pas que j'éviterai à l'avenir.

J'aimerais qu'elle accepte, car c'est bien la première fois que j'offre la vie commune à une femme. Avant, j'étais toujours celui à qui on demandait la main, et je ne refusais jamais. Cela dit, il n'y a rien qui presse. En attendant qu'elle se décide à me prendre chez elle, je garde le Balmoral, qui attend toujours un acheteur, à cette différence près que j'ai révélé mon identité de propriétaire. La Bérénice, les deux bras lui en sont tombés. Elle me montre depuis un certain respect dont je n'ai colossalement rien à faire.

Les rares fois où je vais au Balmoral, c'est pour causer avec un locataire qui m'amuse, M. Roland Provençal. Un assisté social chronique qui tient des discours hallucinants : « Hé, t'aimes-tu ça être concierge, toué ? Moué, j'ai fait ça pendant vingt ans à Sioux Junction, j'étais gérant de quatre immeubles, je faisais mille piastres par semaine les bonnes années. Pis quand y avait des clientes qui payaient pas, je leur faisais de la façon. J'aimais ça... Mais pas du temps que j'étais marié. Non, monsieur ! J'ai été marié vingt-neuf ans avec la même femme, pis je l'ai jamais trichée. C'était une Allemande, on parlait toujours allemand ensemble ; ou polonais ou russe, des langues que j'ai appris quand je travaillais dans les mines. J'ai été mineur pendant trente-cinq ans.

« En plus de ça, j'ai eu sept enfants, oui, monsieur ! Trois garçons pis quatre filles. Ils sont tous bien placés aujourd'hui, je les ai aidés, tu comprends ? Mes quatre filles ont toutes marié des millionnaires de Montréal. Il y en a une qui est mariée à un docteur qui est en train de mourir du cancer de la pissetrate à vingt-six ans, c'est pas drôle, hein ? Un de mes garçons travaille pour la NASA : c'est lui qui est chargé d'aller repêcher les astronautes qui tombent dans la mer quand ils reviennent de la Lune. Je l'ai vu à la télévision une fois, il a cinquante hommes qui travaillent pour lui. Hé, t'aurais pas une petite bière, toué ? »

Il ne sent pas très bon ; ses vêtements ne sont jamais lavés et sa baignoire ne sert pas beaucoup. Il pue de la gueule aussi. Mais, que voulez-vous, j'aime ses jasettes. « Est-ce que je peux me servir de ton téléphone ? Il faut que j'appelle au gouvernement, j'ai pas encore reçu mon chèque de pension. J'ai plus rien à manger, ça fait trois jours que je mange du manger de chien pis de chat. Quand je fais cuire ça, la voisine d'en haut, la vieille fille, là, Bernise, elle dit que ça pue pis que ça lui lève le cœur. Elle se plaint pour rien, la maudite, c'est pas elle qui est obligée de manger ça, la vieille charogne ! » Je ne ris jamais lorsqu'il me parle. C'est dur, mais j'y arrive.

« Hé, toué, sais-tu que je paie six cents piastres par mois pour rester icitte ? C'est cher, mais j'ai les moyens. À part de ça, je connais le propriétaire : c'est un vieux Juif qui vient de faire une attaque de cœur, j'ai déjà joué au golf avec lui en 1962, quand j'avais un commerce aux États-Unis. Si t'as besoin d'aide, viens me voir ! » Vous aurez compris qu'il faut le laisser parler.

175

Maud m'a fait remarquer hier que sa fille n'a pas d'amis. « Si ça continue comme ça, il faudra qu'on déménage en banlieue. C'est là que les enfants sont de nos jours. Ça m'embêterait parce que je suis bien ici... » Moi aussi, ça m'embêterait qu'elle parte. Je ne le lui ai pas dit, mais je pense avoir trouvé le petit garçon qu'il faut à sa fille.

Une fois, il y a à peu près deux ans, je faisais semblant de travailler dans mon atelier au sous-sol du Balmoral lorsque j'ai entendu du bruit dehors ; on aurait dit une lamentation. Je suis sorti. Une voisine, une dame aux cheveux blancs, ameutait les passants ; une voiture de police était garée devant sa maison. Un quidam m'a dit qu'un enfant s'était perdu, on cherchait des volontaires pour se mettre à sa recherche. Un policier nous a donné son signalement : un garçon de trois ans aux cheveux frisés, prénom Gabriel, les yeux bruns, il portait un costume de neige bleu ciel au moment de sa disparition. Quelqu'un a demandé où se trouvaient les parents. La voisine aux cheveux blancs a fait comme si elle n'avait pas entendu.

C'était le printemps, en fin d'après-midi, il faisait beau mais encore froid. L'hiver avait été dur cette année-là, il y avait des bancs de neige partout. Il fallait retrouver le petit avant la tombée de la nuit. Je n'ai pas écouté les instructions du chef de battue, je suis tout de suite parti vers le parc Strathcona parce que ça me semblait un bon endroit pour se perdre.

En chemin, je me suis rappelé qui était l'enfant. Il devait être le seul de son âge dans la rue. On le voyait jouer devant la rangée de vieilles maisons

de pierres grises qu'on appelle les Terrasses Philo-
mène, presque en face de mon immeuble. La
maison d'où il sortait appartient à un avocat très
connu, qui y vit avec sa femme, la dame que j'avais
vue, cela me revenait maintenant ; il y avait aussi
l'enfant et une jeune femme. Je croisais parfois la
jeune femme dans les cafés du marché, qui portait
toujours les mêmes vêtements vaguement rétro, été
comme hiver ; l'air un peu perdu, elle buvait beaucoup de café et fumait des cigarettes à la chaîne.
Une jolie femme aux cheveux longs et fins, au teint
très pâle. (Depuis ma dépression, je suis entré dans
cette confrérie singulière qui permet à tous les
déprimés du monde de se reconnaître. Sauf que je
n'avais pas eu besoin de faire une dépression pour
voir que ça ne tournait pas rond chez elle.) L'enfant
ne l'accompagnait jamais. Il était toujours avec la
dame ou l'avocat, ses grands-parents, sans doute.

Ça sentait le printemps dans les rues de la
Côte-de-Sable, c'est-à-dire la merde. Les étrons des
chiens et des chats qui dégèlent sur les pelouses du
quartier. Les arbres étaient nus et il y avait encore
de la glace sur les trottoirs. Un belle journée, tout
de même.

D'abord, je n'ai vu personne dans le parc. J'ai
longé la rue Range qui abrite les petites ambassades
luxueuses du tiers-monde ; pas d'enfant à l'horizon.
Puis je me suis rendu sur le bord de la rivière Rideau
qui commençait tout juste à dégeler ; il restait des
bancs de glace sur les rives, le courant était fort et
le niveau de l'eau élevé, comme c'est l'habitude au
printemps. On avait dynamité les embâcles trois

jours auparavant, j'avais entendu les explosions de chez moi.

Je n'ai pas pensé un seul instant que l'enfant avait pu se noyer, tout simplement parce que j'en détestais l'idée. J'ai allumé ma pipe et examiné les environs. D'où j'étais, on voyait toute la rive jusqu'à l'ambassade qui était celle de l'Union soviétique autrefois et qui est maintenant celle de Russie, un immeuble laid à faire peur, dans le style réaliste socialiste, qui donne sur la rue Charlotte.

Non loin de moi, un enfant est apparu sur le bord de l'eau, à côté d'un arbre mort. Ça ne pouvait être que le petit Gabriel. Je n'ai pas fait un pas de plus. Il était trop près de la rivière, je ne voulais pas l'effrayer. Il était seul et jouait : il tenait un gros bâton et en fendait l'air comme s'il repoussait quelqu'un ; il grimaçait et parlait, j'entendais des mots. J'ai bien regardé autour de lui pour voir s'il était accompagné. Personne.

J'ai feint de tousser. Il s'est retourné, m'a dévisagé et a repris son jeu sans s'occuper de moi. Mine de rien, je me suis approché un peu et me suis assis sur le tronc d'arbre à côté de lui. Il a continué de jouer ; on aurait dit qu'il se défendait contre une armée invisible. Pour engager la conversation, je lui ai soufflé : « Fais attention, il y a d'autres ennemis derrière toi. » Il m'a dit merci et s'est retourné pour repousser l'attaque des traîtres. Quelques minutes plus tard, fatigué, il s'est assis dans la neige. « Contre qui te bats-tu ? lui ai-je demandé.

— Contre les Madagascas.

— Pardon ?

— Les Madagascas. C'est des méchants qui veulent voler mon trésor. Je savais qu'il y en avait beaucoup au parc, c'est pour ça que je suis venu me battre ici.

— Ah oui. Et tu fais ça souvent ?

— Seulement quand je suis avec mes frères pis mes sœurs.

— Ils sont où, tes frères et tes sœurs ?

— Ici, avec moi. » Il a fait un grand geste pour me les montrer. Il n'y avait pas un chat.

« Comment ils s'appellent, tes frères et tes sœurs ?

— André, Paul, Marc, Yves, Pomme-Pomme Kidou, Hure, Chin-lin-lin. Mes sœurs, c'est Juliette pis Louison.

— Oui, oui. Je vois. » Il s'exprimait étonnamment bien pour un enfant de son âge, et j'ai pensé qu'il devait être très aimable pour avoir autant d'amis imaginaires.

« As-tu tué beaucoup de Madagascas aujourd'hui ?

— J'en ai tué cent. C'est moi qui en ai tué le plus. Mes sœurs font juste les pousser à l'eau, elles aiment pas ça, tuer. Moi, j'ai une grosse épée.

— Ah oui... Tu veux me la montrer ? » Il s'est avancé et m'a tendu quelque chose ; il n'y avait rigoureusement rien dans ses mains. J'ai donc fait semblant de la prendre.

« Hé, monsieur, fais attention, tu l'as échappée ! » Il s'est penché pour la ramasser et me l'a redonnée. Cette fois, j'ai fait attention en la manipulant, et après l'avoir admirée deux secondes, je la

lui ai redonnée. « C'est vrai qu'elle est belle, ton épée. Les Madagascas doivent avoir peur de toi ?
— Ah oui ! Ils se sauvent quand ils me voient arriver. » Il ne croyait pas si bien dire car il avait l'air aussi seul que moi dans la vraie vie.

Croyant avoir gagné sa confiance, je lui ai demandé s'il voulait rentrer chez lui. Il m'a regardé sans rien dire ; il se méfiait.

« Je suis M. Winter, mais tu peux m'appeler Calvin, comme tout le monde. J'habite à côté de chez toi, dans la même rue. Moi aussi, il faut que je rentre. Je commence à avoir faim. Il est tard. » Toujours pas de réaction, il m'étudiait. « Tu t'appelles Gabriel, c'est ta grand-maman qui m'a dit ton nom. Elle a peur que tu te sois perdu ; elle va être tellement contente de te retrouver, je pense qu'elle va te faire un bon souper... C'est pas tout : j'ai peur de marcher seul et de me faire attaquer par les Madagascas. Si tu viens avec moi, tu pourras me défendre avec ton épée. Je vais avoir besoin de toi, surtout que moi, avec mes vieux yeux, j'ai du mal à les voir. Comme on sera deux, je pourrai te défendre si on t'attaque par derrière. Hein, qu'est-ce que t'en penses ?

— Je reste dans une grande maison grise avec ma mamie et mon papie. Ma maman aussi reste là, mais j'ai pas de papa. Ma maman me l'a dit. J'ai rien que des frères pis des sœurs, pis des fois, ma mère dit qu'ils existent pas. »

Il baissait la tête, le pauvre petit diable. J'en étais tout remué : a-t-on idée de dire des niaiseries pareilles à un enfant doué d'autant d'imagination !

« Moi, je te crois, je ne les vois pas, tes frères et tes sœurs, mais je te crois. »

Il s'est mis à marcher en direction de sa maison, je l'ai accompagné, très soulagé. En chemin, je me contentais de le guider, car de toute évidence il était égaré. Il a parlé tout le temps.

J'ai appris ainsi des choses étonnantes. Pour ceux qui ne le savent pas, apprenez que les Madagascas vivent dans les arbres et se nourrissent exclusivement de navet et de réglisse noire ; c'est pour ça qu'ils ont les cheveux jaunes et les dents noires. Ils sont petits et bavent quand ils parlent. Ils avaient déjà tué un de ses nombreux frères et ils gardaient une de ses sœurs en otage. La nuit, ils font peur aux petits enfants, mais lui, il n'avait pas peur, il avait son épée et il en avait déjà tué des milliers. Les Madagascas ont aussi des alliés : un dragon qui a mauvaise haleine et deux sorcières qui ont mauvaise haleine elles aussi, mais on les sent moins parce qu'elles sont dans les airs tout le temps. En m'instruisant de la sorte, j'ai raccompagné le petit chez lui. Dès que nous avons approché de la maison, ses grands-parents sont sortis, les larmes aux yeux ; un médecin s'est avancé, et on a emmené le petit Gabriel dans la maison en le fêtant comme l'enfant prodigue ; un voisin s'est chargé de rassembler les rabatteurs dispersés. De loin, j'ai aperçu la mère de l'enfant qui rentrait d'un pas lent, indifférente à tout cet émoi.

Quelques jours plus tard, j'ai revu le petit Gabriel dans la rue avec sa grand-mère ; devant elle, pour qu'il n'y ait pas d'équivoque, j'ai invité le petit à venir me voir dans mon atelier s'il le voulait. Ainsi, il pourrait s'initier aux travaux manuels avec un mauvais menuisier. Il est venu le lendemain passer une heure, et il est revenu tous les jours par la suite pendant des mois.

Il ne faisait pas grand-chose dans mon atelier. Un peu comme moi, d'ailleurs. Je lui faisais peindre un bout de planche ou planter des clous. Il aimait surtout me regarder travailler et poser des questions interminables. Il adorait parler et moi j'adorais l'écouter. « Moi pis mes frères, on bâtit des forts pour battre les Madagascas. Mes sœurs aussi, elles bâtissent des forts, mais c'est des forts de filles, ça fait que j'ai pas le droit d'y aller parce que je suis un petit garçon. C'est de même. » Il avait une explication pour tout qui faisait invariablement intervenir un membre de sa famille inventée. Parfois, il entrait chez moi et en ressortait aussitôt après m'avoir dit qu'il m'avait confié un de ses frères, Chin-lin-lin ou un autre, pour l'après-midi. Il lui disait : « Viens, mamie nous attend pour souper. » Ainsi, j'avais passé l'après-midi avec un de ces petits êtres et je ne le savais même pas.

J'ai fait aussi la connaissance de sa grand-mère, la mamie en question. Une brave femme, très élégante, au visage de martyre, qui s'est confiée à moi spontanément. « C'est drôle. Dire que je n'ai pas voulu de cet enfant, et il est maintenant toute ma vie. Vous avez vu sa mère ? Elle n'était pas comme ça avant. Elle a fait des études de musique, elle est flûtiste. Elle a craqué vers la fin de ses études. Un jour, elle a disparu sans laisser de traces. On l'a retrouvée cinq mois après dans un hôpital psychiatrique de Toronto. On l'a ramenée ici, elle a été diagnostiquée paranoïaque-schizophrène. Elle est restée chez nous un bout de temps, puis elle est repartie ; elle a habité à droite et à gauche, dans des chambres en ville.

« Elle nous est revenue un matin, enceinte de six mois. On ne savait pas trop où elle était passée pendant trois ans. Pas moyen non plus d'apprendre qui était le père. Elle n'a jamais voulu le dire. Il était trop tard pour la faire avorter. Elle a eu l'enfant, j'avais l'intention de le faire adopter, mais elle a refusé, et elle a des droits même si elle n'a pas toute sa tête. Mon mari et moi, à force de s'occuper du petit garçon, on en est devenus complètement fous. Ma fille semble l'aimer de moins en moins. Au début, elle jouait avec lui comme à la poupée, elle s'en occupait sauf lorsqu'il se salissait. Je suis sa vraie mère, au petit, vous comprenez ? Maintenant, plus il grandit, moins elle s'en occupe, on dirait même qu'elle le déteste. Il est comme un concurrent pour elle. Au moins, elle reste à la maison maintenant. Elle passe ses longues journées à traîner dans les cafés du marché, mais elle ne fait pas de mal comme ça, et elle rentre tous les soirs. Je m'inquiète moins.

« Vous avez remarqué tous ses petits amis imaginaires. Il ne faudrait pas penser qu'il est comme sa mère, c'est seulement qu'il a beaucoup d'imagination, selon les psychologues à qui je l'ai fait voir en tout cas. S'il a tant de frères et de sœurs, c'est parce que mon mari vient d'une famille nombreuse, et mon mari raconte tout le temps les mauvais coups qu'il faisait avec ses frères quand il était jeune. Le petit fait comme lui. La maison est pleine avec un enfant pareil, je vous jure que ça met de la vie chez des vieux ! » Je lui ai dit que je n'étais pas inquiet, moi non plus, au sujet du petit. Je l'ai aussi rassurée sur mes mœurs, car c'était de cela qu'elle voulait parler depuis le début de son discours, mais elle n'osait pas.

Avec cet enfant, j'ai fait tout ce que je n'ai pu accomplir dans mon enfance. J'ai vu au moins vingt films de Walt Disney et tous les dessins animés que je n'ai pas regardés adulte parce que ça ne faisait pas sérieux. Je l'ai conduit aux divers musées des dizaines de fois ; je l'ai traîné à la foire annuelle au parc Lansdowne, et comme j'avais l'excuse idéale d'être accompagné d'un enfant, je me suis offert tous les manèges où je rêvais de monter autrefois. Pour la première fois de ma vie, j'ai mangé de la barbe à papa, des pommes enrobées de sucre d'orge rouge, du maïs soufflé rose, toutes ces choses que ma mère nous interdisait parce que ça fait des caries. J'ai fait éclater des pétards qu'on vend dans de superbes emballages multicolores, je me suis mis dans la bouche jusqu'à quatre ou cinq grosses gommes à mâcher à saveur de raisin pour ensuite former de grosses bulles qui vous éclatent dans la figure. Et, le plus beau, j'en ai la certitude, j'ai été un vrai héros pour quelqu'un dans ma vie : au stand de tir où l'on donne aux champions des animaux en peluche, j'ai gagné un petit mouton rose, moche comme tout, pour mon fils adoptif, qui l'a tout de suite embrassé avec effusion. On aurait juré qu'il venait de retrouver un de ses frères perdus dans un combat contre les terribles Madagascas.

J'ai été si heureux avec cet enfant que ça me gêne de le dire. Ce n'est pas pour me vanter mais je pense avoir contribué à son éducation. Entre autres choses, je lui ai fait prendre l'habitude d'acheter des livres avec l'argent de poche que je lui donnais. En sa compagnie, j'ai relu tous les livres de mon enfance ; je lui expliquais des mots compliqués et je lui faisais des cours d'histoire et de géographie, peut-être rapides mais efficaces tout de même. Je lui ai lu la Bible illustrée et un gros livre de mythologie grecque qui l'a passionné. Le jour où j'ai gagné le mouton en peluche pour lui à la foire, je lui ai demandé comment il l'appellerait, et il a répondu : « Apollon. » Je n'en revenais pas : j'ai eu la conviction à compter de ce jour-là que j'avais devant moi un petit prodige. Après, je lui offrais des toutous seulement pour le plaisir de le voir les baptiser de noms comme Zeus, Hermès, Aphrodite, Héphaïstos.

Il n'y avait qu'un petit problème. Quand je l'emmenais au cinéma ou au musée, il fallait toujours faire semblant de prendre un billet pour le frère inventé qui nous accompagnait ce jour-là ; je trouvais un peu gênant à la longue de faire des clins d'œil complices à la caissière et de lui expliquer à voix basse que je ne voulais vraiment que deux tickets. Ça devenait des fois très chiant, surtout si la caissière en question n'avait jamais vu de frère imaginaire de sa vie. Le plus pénible, c'était de réserver une place dans l'autobus à notre compagnon invisible. Gabriel criait quand quelqu'un s'assoyait sur son frère, le petit animal ! Allez donc expliquer à un monsieur qu'il vient de s'asseoir par mégarde sur Chin-lin-lin et qu'il pourrait lui faire du mal. J'ai fini par m'en tirer en expliquant au petit que Chin-lin-lin, ou quelqu'un d'autre, préférait rester debout pour se dégourdir les jambes. Cela m'a évité un tas de drames.

La vraie difficulté est survenue lorsque les frères et les sœurs invisibles se sont mis à lui jouer des tours. Les frères surtout ; ils sont tous pareils. Un jour que sa mère est disparue plus longtemps que d'habitude, je l'ai retrouvé, le petit, assis dans l'escalier de sa maison et il pleurait. Je lui ai demandé ce qu'il avait. « C'est mon frère, Bobby, il me dit que ma mère a eu un accident pis qu'elle est morte. » Je l'ai consolé en lui promettant de corriger sévèrement son frère, je lui ai dit que si je l'attrapais, j'en ferais de la saucisse et on le mangerait à l'automne. « Ça se peut pas, tu peux pas l'attraper, tu le vois pas. » Il a tout de même trouvé l'idée drôle. Nous avons alors parlé du désavantage qu'il y a à avoir des frères qui vous font du mal exprès. Pour la première fois, il a avoué qu'il commençait à en avoir assez de traîner une famille aussi nombreuse. Ça demande beaucoup de temps et de soins, c'est connu.

Le problème s'est accentué plus tard lorsqu'il s'est mis à attribuer à ses frères et sœurs de petits délits qu'il commettait lui-même. Quand sa grand-mère lui faisait remarquer qu'il avait mouillé son lit pendant la nuit, il accusait sa sœur Juliette d'avoir pissé dans son lit pendant qu'il avait le dos tourné. « Elle fait toujours ça, pis ensuite, on pense que c'est moi. » Sa grand-mère le grondait avec sa douceur habituelle. « Tu fais de la peine à Juliette quand tu lui prêtes tes fautes. Je ne te chicane pas, tu sais, mais si c'est toi qui as fait pipi au lit, il faut le dire. Autrement, c'est Juliette qui va être punie. Ce ne serait pas juste. » C'étaient ses frères aussi qui arrachaient des fleurs sur les pelouses des voisins pour qu'il les offre à la grand-mère, et c'étaient eux qui lui suggéraient de mauvaises idées, comme répéter de gros mots ou manger des biscuits qui lui coupaient l'appétit.

J'aurais voulu lui donner la terre et la lune à cet enfant. Un jour où sa candeur m'avait rendu particulièrement lyrique, je lui ai offert une bourse de velours contenant quatre cailloux. « Tu sais, j'ai beaucoup voyagé, et j'ai cueilli quatre cailloux. Le premier, je l'ai pris sur la Grande Muraille de Chine ; le deuxième, devant le Mur des Lamentations à Jérusalem ; le troisième, au Colisée de Rome ; le quatrième, je l'ai trouvé dans un temple inca, au Pérou. Je te les donne, ils te porteront bonheur. » J'en ai profité, comme d'habitude, pour lui faire un petit cours d'histoire et de géographie qu'il a écouté jusqu'au bout sans poser une question. Il est reparti tout content avec sa bourse, et pendant des mois, il a refusé de s'en séparer.

C'est cet enfant que j'ai présenté à Clio. Je crois bien que ça va marcher entre eux.

Vous vous demandez peut-être ce que je fais de mon temps libre, moi qui, sans le faire exprès, ai fait fortune du temps de Zorah ? Mon père disait toujours que, pour éviter les jacqueries, les riches doivent donner l'exemple du travail. Quand j'y pense, c'est tout ce qui reste de ma mauvaise conscience.

Eh bien, j'ai trouvé un emploi stable. Je suis devenu l'assistant bénévole d'un monsieur qui occupe sa retraite en nourrissant les chats errants de la Colline du Parlement ; il soigne aussi les oiseaux et les écureuils. Il a installé une petite cagnotte à côté de son hôpital vétérinaire de fortune, dans le bois de la Colline, et il nourrit ses protégés avec les aumônes des touristes. Il m'a révélé les noms de tous les chats qu'il protège. Quand il sera mort, je prendrai sa place. Il n'y a pas beaucoup d'avancement, me direz-vous, mais du moins la concurrence est rare.

Vous aurez deviné que j'ai fait la connaissance de ce zoophile en fréquentant les jardins parlementaires. Pour me rapprocher de Maud, oui. Au début, j'allais souvent me promener sur la Colline du Parlement rien que pour écouter ses concerts de carillon. De là, le Parlement lui-même s'est mis à m'intéresser, et j'ai lu tous les livres que j'ai pu trouver sur le sujet. Dans mon oisiveté, je suis tombé amoureux de ce palais pour lequel je n'avais jamais eu un regard toutes ces années où j'avais pourtant vécu si près de lui.

Grâce aux relations de Maud, je m'y promène comme dans un moulin, à tel point que je pourrais maintenant faire les visites guidées qu'on offre gratuitement aux touristes. La bibliothèque du Parlement est aujourd'hui mon salon de lecture personnel, je connais tous les agents responsables de la sécurité. Aussi souvent que je peux, lorsque je me rends à la bibliothèque, je caresse le Rodin qui est placé à côté de l'ascenseur. C'est un buste de Marianne, cadeau de la France reconnaissante au peuple canadien pour sa participation à la Grande Guerre ; c'est ce qui est écrit sur le socle. Évidemment, personne ne remarque que c'est un Rodin, il n'y a que moi qui le flatte tous les jours. Bien sûr, ce n'est pas non plus le meilleur Rodin, c'est une œuvre trop patriotique pour cela, mais j'ai pour ce buste une tendresse que je préfère ne pas m'expliquer.

Une fois, Maud m'a invité à lui rendre visite dans le réduit où elle fait ses compositions. Quand je l'ai vue, en jeans et en chandail de coton sans soutien-gorge, marteler de ses mains gantées de caoutchouc le plus gros instrument de musique du pays, ses beaux cheveux tombant sur son visage couvert de sueur, je l'ai désirée pour la première fois. Vous connaissez le reste de l'histoire. L'essentiel en tout cas.

J'ai présenté Clio au petit Gabriel. Au début, c'était bien, ils aimaient jouer ensemble. Mais ça ne marche pas très fort depuis quelque temps ; elle qui a voulu l'épouser dès qu'elle a fait sa connaissance, elle le rejette déjà. C'est parce qu'elle a eu six ans hier et lui n'en a que cinq. Il est trop jeune pour elle, dit-elle. Le petit semble bien prendre ça.

J'emmène quand même la petite dans le parc Strathcona régulièrement en espérant une réconciliation. Elle s'y est fait des amies, des fillettes de l'ambassade de Russie, et il faudrait la payer très cher pour qu'elle regarde le petit Gabriel qui joue de son côté. Depuis qu'il a commencé l'école, il a ses propres copains. L'autre jour, il m'a dit : « Hé, monsieur Winter, tu te souviens des quatre cailloux que tu m'avais donnés, tu sais, ceux que t'avais cueillis un peu partout dans le monde, là ? Ben, je les ai perdus en jouant dehors une fois. J'ai cherché partout, je les ai pas retrouvés. Ça fait que, pour pas que t'aies de peine, j'en ai ramassé quatre autres dans la cour chez nous, pis je veux te les donner. » Il m'a tendu un petit sac de plastique transparent avec quatre cailloux ordinaires dedans. Je ne l'ai pas grondé, ceux que je lui avais donnés étaient faux de toute façon, je n'étais jamais allé dans ces endroits de ma vie. Je me suis bien promis cependant de garder ces nouveaux cailloux. Nous avons causé un peu.

« Est-ce qu'il y a toujours autant de Madagascas dans le coin ?

— C'est quoi, ça ?

— Eh bien, tu sais, tes ennemis ?

— Ah oui, je me rappelle. Ils me font plus peur, les Madagascas. Je crois pas qu'il en reste par ici.

— Ah bon. Et tes frères, tes sœurs, comment vont-ils ?

— J'en ai plus. Je les ai mis dans une fusée, pis ils sont partis pour une autre planète. »

Disparue, la famille imaginaire. Il ne faut pas s'en désoler, cet enfant restera toujours inventif. Il a deux amis, des jumeaux, Emmanuel et Vincent, deux petites têtes blondes qui sont tout le temps avec lui dans le parc. Gabriel est leur chef ; avec eux, il monte des spectacles de batailles terribles où les deux autres sont toujours des figurants complaisants. Ils sont beaux à voir.

Le Balmoral est vendu. À Mlle Bérénice, la fatigante, par-dessus le marché. Maud avait raison, j'ai commis une erreur, car dès que cette folle de Bérénice a pris possession de l'immeuble, elle a doublé les loyers. Pour acquitter l'hypothèque au plus vite, dit-elle, mais j'ai l'impression que c'est plutôt pour régler de vieux comptes avec l'aveugle du troisième. Ce qu'elle ne sait pas, c'est que je finance la contestation des locataires devant la Commission de révision des loyers. Ça lui apprendra.

Le nouveau concierge est nul autre que M. Provençal, le sympathique mythomane. Il est au mieux avec la propriétaire, comme il me l'a confié. « Il s'en est passé des affaires depuis que t'es parti. Tu te souviens de Bernise ? La folle qui reste en haut, celle qui chiale tout le temps après tout le monde ? Figure-toué donc qu'elle s'est mise à avoir pitié de moi. Elle venait me voir de temps en temps pour m'aider à faire mon ménage, qu'elle disait. Des fois, elle m'apportait à manger, mais jamais de bière, elle disait que c'est pas bon pour la santé, la maudite folle !

« Première chose qu'on a sue, mon cher petit gars, elle a commencé à me faire de la façon... Moué, à mon âge, je suis encore capable, ça fait que ç'a pas été long que je me suis mis à coucher avec. Elle aime ça, la maudite, pis moué aussi. Une petite fourrette, de temps en temps, j'haïs pas ça. Quand je lui fais plaisir, elle me fait des gros gâteaux aux dattes pour me remercier, moué je suis heureux avec ça, j'en demande pas plus. Mais depuis qu'elle m'a demandé d'être son concierge — parce que j'ai de l'expérience, j'ai fait ça pendant trente ans, tu comprends ? —, elle a décidé de me mener par le bout du nez. Je suis pas sûr que j'aime ça, moué... Ce qu'elle sait pas, c'est que si elle me lâche pas tranquille, m'a faire des pistes, ce sera pas long ! Un de mes garçons est millionnaire en Floride, je vas aller rester avec lui... » Je lui ai souhaité bonne chance dans ses nouvelles fonctions.

Il fait aujourd'hui un temps parfait pour aller se promener dans le parc Strathcona. Maud fait une sérénade pour une reine étrangère quelconque avec son carillon parlementaire ; je garde la petite. C'est l'automne mais il fait chaud. Clio joue avec ses amies russes dans les tas de feuilles mortes, et il est formellement interdit de les déranger.

J'ai revu tout à l'heure mon ami Gabriel avec sa grand-mère. La maman a été internée de nouveau et les grands-parents ont adopté le petit pour de bon. La dame m'a demandé ce que je devenais. Je lui ai dit que j'avais emménagé chez mon amie. C'est fait, c'est officiel. Elle m'a offert ses meilleurs vœux de bonheur. Le petit n'était pas sûr que la nouvelle était bonne. « Est-ce que tu vas t'en aller pour toujours, monsieur Winter ? » Je lui ai répondu que je ne m'en irai jamais. Jamais.

Il est l'heure de rentrer. « Viens, Clio ! » J'ai promis de passer du côté du Parlement car Maud m'a dit qu'elle jouerait spécialement pour moi aujourd'hui le *Concerto en sol mineur* de Bach. À franchement parler, c'est un morceau que je préfère au piano ou au saxophone, mais je suis curieux de voir ce que ça donne au carillon. D'ailleurs, autant le dire tout de suite, la moitié des concerts carillonnés qu'on entend à Ottawa ces jours-ci sont composés pour moi, le promeneur amoureux de la Colline.

Tous les matins, Maud et moi, nous nous réveillons encore un peu surpris d'être ensemble, mais nous nous habituons vite. En arrivant dans le parc ce matin, Clio m'a demandé si j'aimais sa mère. « Oui... Oui, oui, oui... » Et c'est vrai. Même que, hier, j'ai failli le lui dire.

TABLE

Typographie et mise en pages :
Les Éditions du Boréal

Achevé d'imprimer en février 1994
sur les presses des Ateliers graphiques
Marc Veilleux, à Cap-Saint-Ignace, Québec